CONTOS DE VISTA

CONTOS DE VISTA

ELISA LUCINDA
OUTONO 2004

© Elisa Lucinda, 2004

1ª Edição, Global Editora, São Paulo 2004
2ª Reimpressão, 2009

Diretor Editorial Jefferson L. Alves

Gerente de Produção Flávio Samuel

Assistente Editorial Dida Bessana

Projeto Gráfico e Capa Eduardo Okuno
Mauricio Negro

Foto de Capa Patrícia Gatto

Dados Internacionais de Catalogação na Publicação (CIP)
(Câmara Brasileira do Livro, SP, Brasil)

Lucinda, Elisa
  Contos de vista (contos) / Elisa Lucinda. – São Paulo : Global, 2004.

  ISBN 85-260-0944-3

  1. Contos brasileiros I. Título

04-5871   CDD-869.93

Índices para catálogo sistemático:
1. Contos : Literatura brasileira   869.93

Direitos Reservados

G GLOBAL EDITORA E DISTRIBUIDORA LTDA.
Rua Pirapitingui, 111 – Liberdade – CEP 01508-020 – São Paulo – SP
Tel.: (11) 3277-7999 – Fax: (11) 3277-8141
www.globaleditora.com.br – e-mail: global@globaleditora.com.br

Colabore com a produção científica e cultural.
Proibida a reprodução total ou parcial desta obra
sem a autorização do editor.

Obra atualizada
conforme o
**Novo Acordo
Ortográfico da
Língua
Portuguesa**

Nº de Catálogo: **2548**

HI HA GENT QUE SAP ANAR PEL MÓN
(Provérbio Catalão)

E há gente que sabe andar pelo mundo.

Gozo do agradecer

agradecimentos fundamentais, emocionais e decisivos a

poderosa e amada cantora **ana carolina**, a quem responsabilizo por ter tornado "mon animal" e "amor pelos desfechos" em seus *shows* os arautos deste livro antes de ser livro.

bruna martins minha fiel secretária pela torcida com clima de telespectadora passional enquanto digitava chorando e me pedia para que tudo tivesse um final feliz.

cláudio valente rápido divertido e inteligente por ao me sugerir outra via de narrativa conduzir-me ao caminho certo de volta pra casa.

fernando martins por me lembrar que liberdade é respeito por si e pela humanidade e por me chamar de guerreira do amor. acreditei.

geovana pires pela dedicação sem reservas naquelas tardes de fumaça gargalhadas e lágrimas na "sala de segredos" durante a preciosa oferta de seu tempo a ler a massa bruta e garimpar comigo as escolhas.

joana carmo danada gaúcha que deu mais vento à minha coragem de parar de guardar esse livro só pra mim.

josé ignácio xavier por sua amorosa escuta dos originais pelas suas pepitas informações sobre o ser humano e sua sublime subjetiva corporal condição, e pelo amor estruturante durante esta construção.

juliano gomes de oliveira meu lindo filho por ter desde pequeno com seu olhar sensível e amplo dado excelentes dicas no desenrolar do "reluzia".

kátia carvalho pela finalização lacrimosa e arrepiante de leitora revisora gramatical.

lino santos gomes meu pai raro e sábio que sempre entendeu e me ensinou com bom humor a possibilidade lúdica e cênica da vida.

márcia do valle por ter sido a primeira voz de palco de "o verdadeiro brilho de ametista".

minha cuidadosa "filha" **maria rezende** por ter me dado precocemente uma *neta literária*, pois daria o nome de luzia à sua neném por causa do "reluzia" muitas lágrimas antes do agora de sua publicação.

martinha por ter sido o ouvido itaunense que deu "duna" à escuta dessa narrativa.

margarida eugênia irmã-sangue querido de nossa árvore que nem por um momento deixou de esperar por esses escritos.

mauro salles cúmplice dessa estrada por nunca me deixar sozinha abandonada e órfã em estado de pré-publicação.

miguel falabella por ter visto "escuta passageira" em película ao ler e se antever no personagem do taxista.

motoristas que me inspiraram "escuta passageira".

ricardo bravo pelo ouvido de cinema em "mulher é o diabo".

samuel gomes e seus surpreendentes comentaristas pela possibilidade do descanso produtivo do "touro" e por me autorizar doçuras.

stefan kolumbam por ter me inspirado com muita montanha-russa de emoção três dessas histórias.

valéria falcão por proporcionar ordem e saúde nos bastidores domésticos destes escritos.

zanandré avancini de oliveira, pai do juliano, pela perfeita sugestão no "amor pelos desfechos".

casas do jardim botânico e de itaúnas por me darem oportunidades de chuva no telhado sinfonia de vento e mato e silêncio de passarinhos.

CONTOS DE VISTA

CONTO DE VER

PREFÁCIO

*e perguntei ao pássaro:
"onde estavas pra me perguntares tudo isso,
também já viveste tanto?"
E ele me respondeu:
"Não, tudo isso está no fundo dos teus
olhos, só vou perguntando o que estou lendo,
e porque leio canto."*

Cecília Meireles
(Fragmento de "Diálogos no jardim")

Meu precioso Leitor,

Eu queria, já desde o século passado, fazer esse livro de histórias. Adoro uma prosa. Gosto do seu novelo, da sua textura lírica, do seu misterioso tear. Quis fazê-lo com a mesma animação com que conto uma piada ou um caso desfrutando dos infinitos ficcionais de sua verdade.

Anos atrás, em Vitória do Espírito Santo ainda, pensava em publicar um livro cujo título seria "No olho do sujeito, a lei da versão". Menina universitária, acabara de compreender que as realidades se fazem múltiplas segundo a ótica, segundo a percepção, segundo a sociologia e a geografia emocional de cada um. Ou seja, o enredo que cerca cada indivíduo, com o seu tratado e sua constituição, é que vai eleger, como protagonista de sua verdade, esse ou aquele aspecto de sua dita realidade. Entendi então que realidade é um assunto particular. Acabou que aquele livro, no fundo, virou este em conceito.

Talvez a imagem mais remota que eu tenha do que hoje exerço como literatura seja a de eu vigiando o processo do crepúsculo; eu, pequenininha, quando nem conhecia essa palavra. Meu objetivo era flagrar a hora exata em que descia o pano da noite. Mas uma voz de vó ou de outro adulto sempre me arrancava do intento: "Passa pra dentro, menina!" e eu acabava perdendo o flagrante do sutil momento. O desfrute do contemplativo me acompanha desde menina. Sempre me senti uma espectadora assídua do mundo, aquela que não quer perder nada. Talvez essa sedução que cenas e conversas cotidianas exercem sobre mim se deva à infância de subúrbio que me fundamenta. Talvez este livro seja também uma gratidão àquele quintal e às especiarias do mundo-bairro; ai, o subúrbio e seus desimpedimentos, sua "falta de classe", ou seja, sua classe humana, fofoqueira e gentil; sua mão vizinha, não piegas, estendendo a xícara de trigo pra completar ingrediente.

De tanto reparar nas tardes, pessoas, dramas e tramas, nasceram essas histórias escritas em datas diversas durante essas duas décadas em que venho gestando despretensiosamente esta versão de agora. Vividos esses anos, e posto claro que a ficção terá sempre muito a aprender com a realidade, trago pra você essa mistura. De qualquer modo, vivendo ou imaginando, tudo aqui, meu amor leitor, é coisa que vi pela tela nítida de algum sentido e quis reverter em película de palavra. Essas histórias tiveram o assanhamento de se apresentar aos meus olhos, primeiro como imagens, depois como palavras. É como se eu tivesse um cinema na cabeça. Como se o apelo dessa inspiração, seu pedido, sua via, sua apelação fosse antes aos olhos. Uma inspiração de ver primeiro pra depois escrever. Vi que já era hora de publicar, uma vez que não sabia mais quem nascera primeiro, se a imagem ou o escrito.

Então, acho que o assunto aqui é ver; foi isso que mandei o verbo escrever. Espero, através de você, vê-lo obedecer.

Beijos
elisa lucinda
Outono de 2004

Sumário

Parte I – **Sessão de minha tarde (da gaveta lanterninha)**
　　Daquela noite 22
　　Lembrando parece cinema 26
　　Universo, teu nome é padaria! 30
　　Denise 34

Parte II – **Escuta passageira (da gaveta cinema de ouvido)**
　　Amor pelos desfechos 40
　　Pelo cheiro 46
　　Na conta das palavras 50
　　Alfredo é Gisele 56
　　Mulher é o diabo 60

Parte III – **Sala de exibição (da gaveta contos de vista)**
　　Mon animal 74
　　O verdadeiro brilho de Ametista 78
　　O sol que não se pôs 82
　　Um dedinho de amor 90
　　Saga na caixa de diálogos 94
　　Reluzia 102
　　Click 112

Bibliografia 126

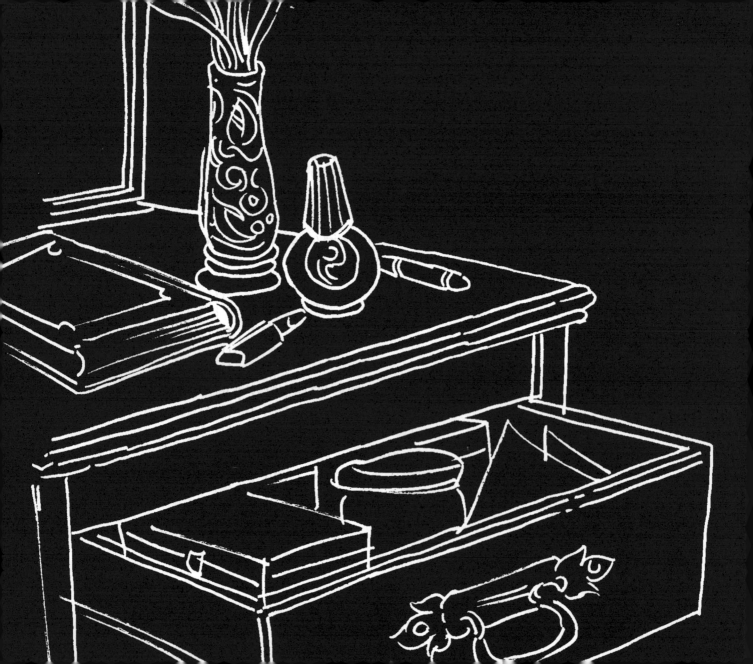

Parte I:

Sessão de Minha Tarde
(da gaveta lanterninha)

*O que a memória ama fica eterno.
Te amo com a memória, imperecível.*

(Adélia Prado)

Daquela noite

Porque houve uma noite em que eles transaram muito. Não o muito da quantidade, mas o da fundeza dos alcances. O muito da intensidade misteriosa e atemporal que só uma noite amorosa tem. Pois bem. Ela respirava o universo em cada suspiro, e cada volta de quadril, cada arpejo, eram tamborins silenciosos e festa ao mesmo tempo. Ele agarrou-a por trás feito macho mesmo, feito bicho, feito cavalo sobre a égua que ele conhecia desde mocinha, sua mocinha de cintura fina e vestidos macios, pele macia língua macia. Agarrou-a por trás com penetrações de enlace, de passe, a mão direita dele bolinando na frente o segredinho teso dela.

Era maio, um outono quase inverno suprimia deles tudo que pudesse macular aquela hora. Qualquer mágoa, algum arranhão cotidiano, nada disso ousava entrar no quarto de onde as outras crianças ouviam gemidos como cantigas de ninar. Ela passou pra cima dele. Pousou nele garça gazela gulosa garbosa gozável. Sobre ele aberta pertencida e engolidora, executava a dança dos caminhos ritmados com força, decisão e leveza pra chegar lá, onde nunca se esteve; lá onde nunca é o mesmo auge, a mesma morte, o mesmo limite gostoso. Dançavam o balé daquela alegria fervente, as mãos dele trazendo-a com seus quartos mais pra cima mais pra dentro mais mais mais e colidiram os dois por querer no vácuo do máximo, do tudo e do cadê. Morreram de cansaço apaixonado entre a molhadeira lírica e cheirosa dos lençóis.

Eu não disse nada. Até então eu morava no azul do desejo, no inconsciente, num nome de vó, ou na ideia de um menino pra fazer par com a irmãzinha.

Morava longe daquela noite daquele suor daquela embolada. Até então eu morava no nada dos tempos e na atávica fileira de hordas que nos antecede. Morava no tronco: seiva, caule, folha, inda não fruto até então. Mas, naquela noite, depois da bagunça, do zunzunzum daquela íntima algazarra, comecei a nascer.

Um azul insistente acompanhava o meu mundo e, no meio daqueles meses, minha mãe, grávida de mim, rolou da escada. Essa queda fora pra mim uma sucessão de solavancos, uma precursora drástica da montanha-russa, só que não era brincadeira. Ela chorava muito, preocupada comigo. A queda foi rápida, mas eram vinte e dois degraus. Rápida porque não tinha intervalos entre eles. Rápida porque não teve pausa, descanso, impedimento. Socorreram-na. Os joelhos ralados, as mãos agarradas ao ventre, chorava: meu neném, meu neném, meu neném. Será que machuquei o meu bebê? Você está bem querido?

— Estou mamãe. Era o que eu gritava baixinho, com a linguagem do sangue, com a linguagem de fruto com árvore, com a linguagem das margens, que nos fazia correr pelo mesmo rio. Depois veio o médico da família e suas palavras tranquilizadoras, seu estetoscópio que me ouvia lá de dentro, ouvia minha batucadinha, dizia pra ela que o samba estava bom, que não atravessava nada, mas que o melhor era que, até o grande dia, ela se submetesse a sucessivas mensais exposições ao raio X; uma novidade perigosa, porém mais necessária que perigosa naquele momento. Então, todo mês era aquela loucura, aquela viagem, aquela alucinação. Tudo começava calmo: minha mãe se arrumava, batom, vestidos molinhos um pouco acima dos joelhos, sandálias altas com tirinhas delicadas, bom gosto, perfume e ritmo no cavalgar. Toc toc toc, íamos uma dentro da outra, no passo, na liturgia daquela era, daquela hora. Andava trotando e rezando e cantando. Tudo ao mesmo tempo. Chegávamos. Meu pai sempre disfarçando a sua apreensão com belíssimas assobiadas do melhor da MPB da época, ao volante do seu impecável DKV (ou era um Opel?), seu carro de estreia. De repente o nosso coração acelera o compasso. Um clarão um raio pondo em close forte o esqueletinho de mim, o desenho, a estrutura, o croqui ósseo. Onda. Azuleza de novo. Azuleza prata. Medula. Medo.

Mais um ou dois pares de meses assim. Até tudo dar num domingo azul ensolarado de fevereiro carnaval. A bandinha lá fora, os mascarados e eu saí, vim pra folia no ponto do meio-dia. Saí fácil. Puxa, que bonitinha, parece um pêssego! Essa nem me doeu!

Mãe, eu não sou de doer. Sou de sentir, fazer sentir. Quero as estações, o gosto pelo outro, o tesão pelo que pulsa concentra espalha avulsa e permanece. Mãe, minha embolação com os fatos é uma algazarra íntima, uma farra no escuro claro das coisas diárias, um beijo na fundeza de cada gesto e seus alcances. Minha vida, mãe, é um trotar de tamborins no meio dos sentimentos, um clarão, um raio X, um solavanco dentro dos sentidos das coisas e suas mutações. Sinto uma respiração do universo, uma intensidade atemporal azulada, uma alegria fervente. Desde aquela noite é essa zoeira esse prazer essa clareza da vida, mãe. Há quarenta anos. Mas desde aquela noite.

LEMBRANDO PARECE CINEMA

Todo dezembro vinte e quatro minha vó pegava um peru lá de casa para o ritual da morte. Eu de vestidinho azul de bolinhas, perninhas abertas apoiando o queixo nas mãos e os cotovelos nos joelhos, sentadinha na grossa raiz do abacateiro. Meus olhos assistiam aquele pitoresco sacrifício do bicho sob a fina película da infância. Ela corria atrás dele naquele quintal, que eu achava enorme por eu ser pequena, e com uma autoridade de carrasco falava-lhe palavras de ofensa diante da tentativa de defesa dele. Eu tinha pena mas não podia demonstrar. Não era bom para o ritual e ele custava a morrer se a plateia se apiedasse.

Vovó agarrava-o por trás pelo pescoço e o punha entre suas pernas para que estas imobilizassem as asas. Com a mão direita segurava apertando o pescoço forçando-o a abrir o bico e, com a outra, jorrava goela adentro peru afora um copo de boa aguardente de cana. Geralmente usava cachaças especiais curtidas em ervas, carvalhos e raízes. Soltava-o: o peru rodopiava tonto, embriagado e "feliz" pelo quintal, enquanto meus olhinhos riam disso. Não andava reto, cantava desafinado o seu sucesso eterno glugluglu. Eu assobiava que era para ele responder com o canto. Achava que vovó fazia isso para que ele não sofresse muito: bêbado fica meio anestesiado. Eu pensava que era pura bondade dela. Mas, vendo agora a lembrança do olhar dos galos, galinhas, patos e cachorros, penso que, de todos os animais, só eu custei a saber a verdade. Algumas aves até choravam no seu cacarejar, afinal o pobre e elegante condenado era conhecido de todos ali. Ouço o canto doído dele, o canto de minha vó amolando a lâmina na escada da cozinha, o assobio do vento no meu amarelo cabelo sarará. Ouço o som de tudo lixando o céu.

Depois minha vó, com mais facilidade, capturava-o pra o fim. Dessa vez, com o peru de novo entre as fortes e longas pernas, trazia uma afiada faca na mão direita. Virava o pescoço da vítima pra trás, e eu, com todos os dedos na boca, nervosa. "Não sinta pena, menina, vá lá pra dentro!" Metade de mim obedecia à ordem, enquanto a outra metade escondia o corpinho magro atrás do fiel abacateiro e com um só olho continuava a ver a parte pior de se ver: o corte fatal fino e fundo no pescoço do bicho e o sangue esguichando longe pra desembocar na tigela que ela, prevenida, usava para recolher a vida que seria depois o molho, eu acho. Todo ano, meu coraçãozinho batia forte e descompassado nessa hora. Pensava: ainda bem que estava bêbado, morreu feliz, sem sentir.

Mais tarde, muitos anos depois, já mulher, fui saber que a cachaça de véspera era pra amaciar a carne dele; nada tinha a ver com emoção, com anestesia, com qualquer coisa do ponto de vista da dor do peru e sim tratava-se de uma medida de ordem absolutamente culinária, uma providência tomada em vida para um destino de forno.

Aquele cheiro maravilhoso "dele" recheado com farofa e ameixas, o cheiro da pele da boneca nova no meu sapatinho na sala sob a árvore piscando, o som dos papéis de presentes desembrulhando que eu e meus irmãos fazíamos... era Natal!

Mesmo contendo o sacrifício, isso mora na minha emoção como felicidade. Penso no futuro me empurrando pra frente. Que avó serei eu, meu Deus, no cinema do meu netinho e o que será pra ele a felicidade?

Universo, teu nome é padaria!

Outra vez sete de setembro. E os dias passavam iguais na adolescência de Serpentina. Ela era, em absoluto, apaixonada pelas coisas novas. Tanto o novo de novidade quanto o novo que intervinha na ordem de igualdade das fileiras dos dias. Aquele quartel de hora cheio de colégio de irmãs, dogmas dos pecados dos cotidianos. Goiabeiras vermelhamente semelhantes.

Amou portanto um líquido novo preto amarronzado que lhe escorria das garrafas goela adentro, infância afora: Pepsi-Cola, tevê e Pepsi. Quanta delícia contemporânea! Mas neste sete de setembro o novo era a morte. Nem a morte no sentido exato, mas a cena. O cenário. Serpentina gostava em especial do que mudava. Do que se intrometesse voraz num modo habitual de, transformando-o em.

Serpentina: expressivos olhos enormes naquele magro corpo se metamorfoseando para peitos e quadris de moça. E a avó morria-lhe ali. Naquele feriado cívico. Morava na casa, mãe da mãe. Tinha função de poder e repressão, mas fazia cozidos como ninguém. Morria e a neta observava com excitação, quase alegria, a troca da mesa de centro pelo caixão, das jarras pelos castiçais funéreos, do sorriso materno pelo desespero. Sentia tudo: o cheiro de café para amargar de propósito a boca, a euforia dos vizinhos pelo luto acumulado. Ai, como era nova aquela manhã ensolarada para Serpentina!

Naquela época, o pai, num furor edipiano e no perigo de vê-la crescer, exercia a tirania de não deixá-la sair. Ser moça. Do mundo. Nem para ir à venda do Seu Zé Carolino. Pois que ninguém como Serpentina para subverter a ordem: ia pela manhã comprar farinha, voltava à tarde sem a farinha e sem o troco. Por cima dos farelos, mentiras mandiocantes. Neste dia de sentimento, o poder atordoou-se, e num descuido,

como ela parecia ser a mais tranquila dos netos, ouviu apenas a voz rouca do pai:
– Serpentina, vá comprar pão. Tal ordem entrou-lhe no peito como luz de sol primeira depois de enchente. – Sim, papai. Saiu-lhe quase muda essa obediência querida, prazerosa.

    Não, não era o cumprimento de uma ordem. Era um desejo! Um enorme desejo que a faria correr ao quarto, vestir o tubinho listrado de cenoura e branco onde a mão da mãe, num de seus últimos cursinhos de pintura, pintara margaridas brancas com folhas verdes assanhadas, que nem primavera de gente nova. Lá estava, virgem ainda, o bendito tubinho. Primeiro depositou-o sobre a cama como se fosse mirra. Depois vestiu com graça e calor um sutiã cor-de-rosa mocinha, cuja alça deixaria cair sem querer e aparecer suntuosa ao lado da manga cavada do vestido... só pra que as amigas notassem: tinha crescido, lá estavam eles, redondos e gulosos a furar a popeline da idade. Cresciam. Coisa contínua. Quase progresso. E agora, às amigas. Sim, porque antes do pão visitaria as amigas. Lacrimejaria os olhos para dar a notícia da morte da avó. Depois o pão.

    Tinha, no entanto, uma certa culpa da ausência de dor formal, falta de escândalos e lágrimas. Então tentava concentrar-se nisto. Mas tudo era tão novo, o fato trazia-lhe tanta inquietude sapeca que não havia jeito de face e de alma onde pudesse morar a dor. Estava feliz. Nem o almoço seria ao meio-dia em ponto! O enterro seria às 16 horas. E até então era a defunta quem fazia almoço. Pensou no cozido; quase chorou.

    Tubinho já no corpo. Linda, era o que espelho parecia lhe dizer. Só que a porta onde estava incrustado o danado do espelho não parava nunca de mover-

-se. Parecia variar ao soluço da mãe na sala. Coitada, como deve ser ruim enterrar a mãe, a gente deve se sentir sem mundo quase. Olhou para o fantasma dos vestidos da morta no cabide. Teve medo de si. De sua vaidade. Remorso de sua alegria. Arrependimento de sua beleza. Sabia que o juízo final não ia lhe ser fácil. Movimento luciferiano do espelho e ela foi em busca do pão com as moedas lacradas em punho como quem parte: Universo, teu nome é padaria!

Descia as ladeiras saltitante. O sol de setembro dourava-lhe o moreno negro da pele nova das pernas raspadas sem a mãe saber.

Chorou nos ombros das amigas íntimas e nos das colegas menos íntimas chorou mais ainda. Os sinos anunciam agora. Tocam dobrando tudo: meio-dia. O bairro chora. A avó era escorpiana beata militante. Guerrilheira de Deus. Seguia à frente na procissão com sua fita azul de Apostolado da Oração. A igreja anuncia. O sino fecha o parêntese de Serpentina.

Volta para casa com pães amassados nas mãos. Há velório na sala. Os olhos rendidos do pai feroz e sábio. O desespero acalmado, sedado da mãe. A tristeza vórfã dos irmãos. A cor lutuosa dos vizinhos. As conversas rezadas baixinho. Tudo era igualmente novo. E parado. Os pães, só os pães eram quentinhos do sovaco de Serpentina. Depositou-os sobre a mesa, mas a vida havia morrido, parado. A família pontuou bem pontuada sua história ali, ali. A avó era morrida no meio da sala. E os olhos de Serpentina estão sorrindo nesse tentador parágrafo. É que ainda por cima, era sete de setembro, a parada militar era lei lá no colégio de freiras, mas ela não marcharia.

Denise

Eu achava que ela parecia muito comigo. Tinha os olhos verdes, a pele morena. A mãe era Rosinha, italiana casada com Seu Pedro, um negro boa gente que gostava muito de um copo.

Eu e Denise parecíamos as goiabas da goiabeira da gente. Goiabas da infância. Ou mangas. Alguma irmandade de frutas vizinhas nos unia à mesma árvore e ao mesmo quintal. Éramos irmãs no meio da tarde. Passando a faca uma pra outra, descascando laranja, no meio da mesma tarde, brincávamos de comer os pedaços finais das palavras, mineiramente e feito caipira; inventávamos músicas: "tom Deni, pó cascá primeiro".

Carrinho de rolimã e as pernas longas e magras de Denise. E a risada dela. E as tirinhas de nossa vermelha gravata do grupo escolar sempre aumentando com a série. Denise...

Era julho e férias, eu peguei hepatite. Meus pais e irmãos foram para Linhares e fiquei com minha avó. Era chato ficar doente. E aquela era uma doença tão amarela, tão chá de picão toda hora, tanto doce de hora em hora, que tinha até perdido o gosto toda bala. Eu já não aguentava mais doces, nem ver. Minha avó era severa e triste. Eu era insevera e alegre e a única coisa que me atraía naquele repouso obrigatório era a novidade. Ficava no quarto o dia todo só fingindo que tava triste: meus irmãos longe se divertindo e eu não! Era como se sempre chovesse lá fora. Como se aquelas férias fossem um quintal onde não pudesse brincar. Mas no fundo a novidade de tudo aquilo me fascinava e, mais no fundo ainda, me divertia. Não conseguia ficar triste de verdade. Por isso fingia. Chorava e tudo. Fingia pra mim primeiro. Depois pros outros. Mandei um bilhete pra Denise vir me ver. Hepatite pega, diziam. Só uma coisa era imune àquela doença, essa coisa era a solidão. Claro! A solidão já era amarela e pálida mesmo; não corria perigo.

    Denise chegou. Entrou sonsa, passou pelos óculos da minha avó na máquina de costura e veio alta, saracura de pernas longas sob o vestidinho largo com elefantinhos verdes na estamparia. Me olhou como se trouxesse no ventre o proibido, a subversão. Rimos sapecas uma para a outra. Quatro olhos verdes. Denise sacou de dentro do vestido uma lata de goiabada e com um abridor junto. Sorriu. Pensou que era proibido e me trouxera uma dose enorme do que pensara ser um pecado bom e do qual eu estava enjoada de ser o meu remédio. Por amor comi.

    Era amor aquela lata. Ela então levantou o vestido, eu levantei o meu e nos abraçamos feito coisa combinada, encostando nossos corpos um no outro. Nós éramos uma só naquele momento, naquela mesma tarde. Os corpinhos colados como um espelho cheio de sonhos: viraríamos mulheres e casaríamos e teríamos marido e filhos cada uma. Toda a tarde ficou feliz naquele momento. Todo o mês de julho, todo o barulho da máquina de coser e seu motor vindo do quarto de costura ficou feliz. Ficamos um minuto de eternidade ali. Sol, canavial, abacateiro, galinha, peru, cachorro, todo o universo ali.

    Até a hora em que minha avó adentrou o quarto e rasgou a cena do que ela pensou ter visto. Mandou Denise embora e me fulminou com olhos de queimar o outro e o sentenciar o inferno. Chorei com a lata de goiabada ao lado do travesseiro.

Minha mãe voltara dias depois e chamou Rosinha pra conversar as conversas confusas e desesclarecidas dos adultos. Nos vigiaram sempre depois dali. E nós nem nos lembrávamos mais o porquê. Depois nos mudamos de bairro, de cidade e de estado. Ficamos nos devendo uma conversa nalguma tarde para pormos a vida em dia. Depois, sei que Denise casou, que teve uma filha linda, um marido que ela acreditava ser lindo, e era dona de uma loja chamada Coisas da Fazenda. Isso me fez pensar que minha amiguinha duraria para sempre.

Mas hoje Denise morreu. Liguei, pra infância, telefonei para o que sobrou de tias e vizinhos. De quê? Por quê? Cadê Denise? Denise morreu de hepatite aguda, responderam.

A morte de Denise me deu uma solidão amarela no peito. Um sol que dormiu fraco e cedo; como um repouso obrigatório. Um dia obrigado a virar noite no meio da tarde.

Denise, eu não cheguei a tempo com minha lata. Denise, eu joguei meu abridor no infinito.

PARTE II:

ESCUTA PASSAGEIRA
(DA GAVETA CINEMA DE OUVIDO)

A arte é uma fada que transmuta
E transfigura o mau destino.
Prova. Olha. Toca. Cheira. Escuta.
Cada sentido é um dom divino.

(Manuel Bandeira)

Amor pelos desfechos

Chuvinha fina porém decidida. Entro no táxi mandado a me buscar e que me aguardava à porta de casa, já há uns quinze minutos. – Boa noite, aonde vamos? Perguntou o motorista.

– Não sei, o senhor não sabe?

– Essa é boa: é a primeira vez que pego uma passageira que não sabe pra onde vai! Vou te contar, hein!

– Peralá, o senhor foi contratado pra me levar numa corrida para a qual já foi até pago... e não sabe?

– Não senhora. A empresa apenasmente me bipa e eu venho no endereço. Certo?

– Bem, o que eu sei é que vamos para o Recreio na casa de Ana Carolina. a cant...

– A cantora? Pô essa mulher é fera! E comé que a gente chega lá?

– Ana Carolina? (eu já de celular em punho falando com a própria) Como é que eu faço pra chegar aí... etc. e tal... patatipatatá?...

– Mas essa menina canta muito bem! Aliás, essa música que está tocando aí dela na novela é uma versão boa, mas a primeira foi a do José Augusto. Sabe quem é? "Agora aguenta, coração..."

– Sei, mas eu não conheço a versão dele pra essa música que a Ana gravou com a versão dela.

– Ah, é muito bonita! Quer ouvir?

Pois não é que Marcos (era esse o nome dele) sacou do seu CD, *O melhor de José Augusto*, e o colocou no excelente som de seu carro imediatamente?! Seguimos na estrada ouvindo aquela breguice em silêncio, cada um de nós fazendo suas comparações e suas escolhas; ele preferia a dele, eu, disparadamente, a dela. E a conversa vai até quando éramos pequenos, cada um no seu mundo, o gosto pela música já aparecendo na infância e coisa e tal. A prosa seguia boa até que ele perguntou:

– Será que a Ana Carolina sabe que existe outra versão dessa música?

– Não sei, mas eu vou contar a ela.

– JURA?

– Juro.

– Vai dizer que eu mostrei o disco e tudo?

– Claro, vou contar a história desde a hora em que ainda não sabíamos para onde íamos.

A chuva caía lá fora e, à noite, o Recreio dos Bandeirantes me parecia mais longe e mais desconhecido. Vamos seguindo errando ali, entrando na possível rua acolá, adivinhando uma esquina, a cor vermelha do edifício, conforme a própria dona da casa havia me dito pelo telefone, parecia ser num outro bloco mais adiante.

– Quer dizer que você vai contar a ela o assunto dessa nossa corrida? Que eu sou fã dela e tudo?

– Claro que vou!

– É, a gente fica pensando... Será que ela vai gostar de saber?

– Talvez ela já saiba. Mas uma coisa é uma coisa e outra coisa é outra coisa... Veja bem...

– Mas dá vontade de ser uma mosquinha e assistir tudo o que vai acontecer lá quando você contar. Não é que eu seja curioso não, sabe?

– Não. Você é uma espécie de enxerido científico, eu entendo.

– É... é essa que é a tristeza do motorista de táxi!

– Qual tristeza Marcos?

– A gente nunca sabe o final. É sempre assim, essa agonia: "Moço, pelo amor de Deus, toca pro Santos Dumont que eu tenho que pegar esse avião que sai em vinte minutos. Lá em São Paulo um cara vai estar me esperando no aeroporto, e de lá nós vamos para uma reunião que, dependendo do resultado, eu vou poder me separar da Odete e casar com a Patrícia. Eu nem acredito! Deus me ajude. Corre moço!" Aí você pisa firme, toma até multa, mas deixa o cara no destino dele. E a parte deles com a gente só vai até "obrigado" ou "valeu" e a nossa com eles até o "boa sorte".

– E você fica pensando nos possíveis finais?

– Fico: Será que ele pegou o avião? Será que perdeu, chegou lá, não havia ninguém esperando em Sampa, porque ficou muito tarde e ele não pôde resolver o negócio para se divorciar de Odete e casar com Patrícia, meu Deus?

– Você tem razão. Porque você, com seu serviço, passa a ser um personagem na trama. Um personagem cuja ação é decisiva para o desfecho.

— Pois é. E quando a gente leva uma pessoa quase parindo? Ah, nossa senhora! Quando a gente chega lá e deixa a passageira e os parentes, ah... dá vontade de entrar no hospital, sabe? Saber notícia, esperar um pouco só pra esticar o ouvido e escutar o marido dizendo: é uma menina como a mãe queria! Sei lá, eu falando assim pareço um cara intrometido, mas...

— Mas não é. Você é um cara solidário, é diferente. Você se envolve com a história do outro que você está ajudando a construir com sua ação. Você considera a vida do outro, você se importa com o outro. Sua curiosidade é uma certa compaixão pelo outro e quer acompanhar o desenrolar dos fatos depois que você o deixa.

— Você é psicóloga?

— Não, sou escritora.

— Ah, então também aprecia o roteiro da vida, né?

— E como! Vivo que nem você, pensando nos enredos. No meu e nos dos outros. Estou terminando agora meu primeiro livro de prosa e tem um capítulo dele que se chama "Escuta passageira" que parte de algumas das inúmeras histórias que os motoristas de táxi me contam. Essas conversas de vocês são maravilhosas. Dão a maior parceria pro meu pensamento.

— E o livro está no computador?

— Não, está aqui na pasta. Imprimi, estou revisando e vou levar pra mostrar um conto que a Ana Carolina vai dizer no Canecão.

— Deixa eu ver? É isso que eles chamam de originais?

– Tá falando com eles.

– Puxa que honra! Que dia esse o meu! Aqui acontece de um tudo. E se a gente contar parece mentira.

– Parece ficção. Isso sim.

– Bem, chegamos. Acho que é aqui sim. Ela disse o único prédio vermelho.

– Tchau, obrigada, bom trabalho.

– Tchau. Boa sorte.

Nos despedimos no de sempre. Ainda sob a chuvinha já mais fina, eu já quase entrando no edifício, voltei o rosto em direção ao carro e gritei:

– Marcos!

– Sim?

– Você quer saber o final?

Os olhos dele brilhavam como os de um menino que finalmente toca naquela bola querida, almejada.

– Claro que quero. É tudo o que eu quero!

– Então vem me buscar!

Pelo cheiro

– Que perfume é esse que a senhora tá usano?

– É um perfume de ervas e flores que eu mesma preparo.

– E tem aquela flor, dama-da-noite, num tem?

– Tem sim senhor. Como é que o senhor sabe?

– Ah, eu sinto. Ó, vou dizer u'a coisa pra sinhora: trabalho há 35 anos guiano carro de praça e conheço todo mundo pelo cheiro. Eu conheço mesmo é o perfume. Perfume de pobre, perfume de rico, perfume da semana, que é aquele meio desodorante, lavanda que aguenta o suor da gente. Perfume de fim de semana, de amante, de namorada novinha meninota, de mulher mal-amada, de home macho, de home infeminado, de home corajoso, de home tímido... ih minha filha, bem dizer, conheço todo tipo de gente. Porque é aqui no táxi que a gente sabe tudo. É a maior pesquisa, melhor que ibope e essas porcaria toda. Sora vai pra Sampaulo, num vai?

– Vou, como é que o senhor sabe?

– É pelo cheiro. É um perfume que eu não conheço, mas é de gente que é artista. É moderno e tem sabedoria dos antigo e geralmente essa gente vive entre Rio-Sampaulo ou então no exteriô mesmo. É gente que não para quieta. É do mundo.

– O senhor conhece São Paulo?

– Sora num vai acreditá, mas um dia entrô aqui um home cum chero esquisito, um chero de um perfume forte que é coisa de home que tem amante, porque assim ele apaga o perfume dela na percepção do nariz da esposa, modo de dizer. Ou então, home traído que a própria mulher dá um perfume forte pra ele, prumode cegar o olfato do pobre. O bicho entrô nervoso no meu táxi, mandano eu segui outro táxi. No tal táxi tinha uma moça que viajava de cabeça baixa o tempo todo. E nóis atráis. O táxi tocô lá pra rodoviária, e lá fomo nóis. A moça soltô e comprô passage. Pegô o ônibus de uma hora da manhã. Ele disse: vamo atráis dela que eu pago o dobro da corrida. E lá fomo nóis. O perfume do home parece que aumentava com o nervoso dele; eu abria a janela pra sentir o chero do caminho que eu tava indo. Não dizia nada, nem eu nem ele. Eu só urubuzava pelo retrovisor como quem quer vê a estrada que vai ficando pra tráis, mas meu sentido tava era no rosto dele, no dilema dele. Quando manheceu, nóis tava chegando lá na tal de Sampaulo. Eta! A mulher mal chegô na rodoviária e foi pegano logo outro táxi. E nóis dois atráis. Foi pr'uma casa. Quando soltô toda dicidida, mas muito aflita, esse home mandô eu pará e soltô atráis. Topô com ela. Deu dois tapa forte bem na cara dela, coitada. Pois, feito isso, o home entrô no carro e disse:

– Vamos voltá pro Rio que eu não suporto essa tal de Sampaulo.

– Agora eu pergunto pra senhora: eu posso dizer que conheço Sampaulo? Num posso. Eu lembro mais é do chero.

Na conta das palavras

Desliguei o telefone onde eu falava com o meu difícil amor. Me vesti e fui à luta com uma lista de classificados à mão. Na minha cabeça algumas frases ficam da nossa conversa. Entre elas: Sou viciado em ambiguidade.

E era mesmo um homem cheio de dúvidas. Se dizia uma palavra numa hora, na outra pouca pequena hora depois dessa já dizia outra totalmente diferente, já dizia uma palavra deitada no antônimo da outra. Sempre uma palavra negando a outra. Sempre duas palavras sem irmandade. Se numa hora amava, na outra não amava mais. Era assim.

Pego um táxi e pergunto se o motorista topa me acompanhar na ronda dos imóveis. Gente tem nome, pensei.

– Meu nome é Júlia, e o seu?

– Mendonça. Luís Carlos, mas todos me tratam por Mendonça que é sobrenome.

Seguimos. Eu ia vendo os apartamentos, ele me aguardava embaixo e ouvia meus comentários depois. Eu disse que era de Vitória e ele começa a me contar como conhecia bem o Espírito Santo. Tinha morado lá e trabalhava na Viação Itapemirim, na linha intermunicipal. Conhecia tudo.

– Por que você saiu de lá, Mendonça? Por que saiu da Itapemirim?

– Se eu te contar, Júlia, você não vai acreditar. Sempre fui um homem muito mulherengo, namorador. As meninas se apaixonavam, eu sacaneava, fazia elas sofrerem e pensava que nunca ia amar ninguém. Às vezes eu perguntava a Deus: será que não nasci com o dom de me apaixonar e de amar ninguém?

— E daí?

— Daí que paguei minha língua. Me apaixonei por uma negra linda, capixaba lá do Município de Guaçuí. Essa moça me amava... eu que não conhecia o gosto do amor, me lambuzei.

— O que aconteceu Mendonça?

— Aconteceu que tive com ela um casal de filhos e era apaixonado. Mas homem, todo ele é pilantra: comecei a namorar com uma moça que morava em Bom Jesus, fazia faculdade em Colatina e todo dia ia no meu ônibus pra estudar. Olha daqui, olha dali... deu que a gente se encontrava sempre na rodoviária no final do meu turno. Deram "o serviço" pra minha mulher e ela ficou "só no abajur" pra dar o bote. E deu. Pegou nós dois aos beijos na lanchonete da rodoviária. Chegou toda bonita, ai meu Deus, não gosto nem de lembrar, toda de óculos escuros e disse:

— E aí, tudo bem?

— Tudo bem, respondi na cara de pau.

— E quem é essa?

— Ah, é uma colega minha.

— Olha aqui, minha filha... Já sei de tudo, fica calma, não se altere, não vou dar escândalo. Esse homem é maravilhoso. Bom pai, bom amigo, excelente companheiro e...

— Pois antes que minha mulher completasse, a outra interrompeu:

— Só estou com ele porque ele me disse que vocês viviam mal.

Nessa hora minha mulher olhou no fundo do meu olho e disse:

– Nunca mais entre na minha casa como meu homem. Pode ver seus filhos, pode pegar suas roupas, mas meu homem nunca mais! E você, passa lá amanhã pra ajudar ele na mudança. É seu. Todo seu.

– Ela me mandou embora. No outro dia, sem dizer uma palavra, peguei só a minha roupa do corpo e vim. Antes de eu ir embora ela disse:

– Todo mundo erra, Luís, mas o que me magoou foi a mentira cruel. Pior do que dizer que não é casado, é dizer que vive mal com a mulher quando vive bem.

Baixei a cabeça e sem olhar o rosto dela disse:

– Não volto mais.

Pedi transferência pra linha Rio-São Paulo e nunca mais vi os olhos da minha amada.

– Quanto tempo tem isso, Mendonça?

– Onze anos. Sofri muito menina, tirei férias e fiquei um mês dentro do apartamento alugado no centro da cidade. Vivia chorando dentro do quarto, olhando pras paredes vazias. O dia pra mim era escuro, era noite.

– Meu Deus, Mendonça. Por que você não ligou pra ela, não mandou uma carta pedindo perdão?

– Porque sou homem de uma palavra só. A partir do momento que tomei a atitude de ir embora, acabou. É isso e pronto. Às vezes meu peito aperta de saudade dos braços dela, mas não adianta. Não procuro mesmo. Tenho meus filhos, minha filha é linda, eles vêm passar férias comigo, mas falar com a mãe deles, nem pensar.

— Mendonça, me desculpe, mas você está errado. Por que essa dureza? Pra quê? Você foi infantil. Machucou ela à toa. Mas já passou. Não custava nada mandar uma carta pedindo perdão, uma flor, uma declaração de amor.

— Não, Júlia. Minha opinião é uma só. Sou viciado nisso.

— Pra que esse orgulho? O amor não precisa de orgulhos. Isso só faz mal. Tanto que você a ama até hoje, não é verdade?

— Pior que é, mas eu não consigo. É. É meu jeito mesmo.

— Por quê? Foi seu pai que te criou assim durão?

— Não. Eu fui criado por uma tia. Não sei por que que eu sou assim, não sei.

— Eu acho que essa mulher ainda te quer, Mendonça.

— Essa camisa foi ela que mandou por minha filha no Dia dos Pais. Minha filha fala que até hoje minhas roupas tão lá como se eu fosse voltar. Você vê: onze anos!

— E você aqui triste pensando nela? De que adianta?

— Sei lá. Hoje mesmo um colega me chamou pra batizar o filho dele e não aceitei. Sabe por quê? Não gosto de ir em nenhum lugar que tenha que ter um par. Sinto falta sabe? A gente vivia muito bem. A gente ria, brincava, fazia amor, tudo era uma beleza! Sei que errei, mas eu sou assim. Olha, minha cabeça é tão decidida que eu tenho uma irmã com quem não falo há vinte e dois anos por causa de uma discussão. Falei pra ela o mesmo que eu mandei dizer pra minha mulher: Quando eu morrer não precisa ir ao meu enterro. De raiva, é capaz de eu até levantar do caixão!

– Meu Deus, meu amigo! Quanto ódio! O que é que você ganha com isso?

– Minha palavra e outras vantagens...

– Que vantagens? A vantagem de não ter mais irmã e morrer de saudade de sua mulher? Você me desculpe, mas assim você só ganha o fato de ser um homem de uma palavra só. E perde o resto, que é tudo. Você acha bonito isso? Você não gostaria de visitar um psicanalista?

– Que é isso, eu não sou homem disso!

Fomos chegando na minha casa e eu agradeci a ele pela hora que passamos parando aqui e acolá.

– Eu é que te agradeço Júlia. Me deu até uma vontade de qualquer dia tomar um porre e ir bater lá, dizer pra ela que ela ainda é a mulher da minha vida. Quer sabe de uma coisa? Você parece uma psicóloga, foi um alívio pra mim essa corrida, viu? Fica com Deus. Aqui está meu cartão. Quando precisar me ligue. Você vai encontrar a casa dos seus sonhos, você merece e Deus é muito justo.

– Tchau, Mendonça, o prazer foi meu. Você me fez lembrar do meu homem.

– Por quê? Ele também é homem de uma palavra só?

– Não. De duas. E é viciado nisso.

– Ih, coitado!

ALFREDO É GISELE

Sora vê, daqui do táxi a gente sabe é cada coisa! Sabe e aprende, aprende até a não ter preconceito. É, vou dizer, cada um tem o seu segredo, seu cada qual. Nem que seja uma coisica de nada, no fundo todo mundo lá dentro tem uma verdade só dele, que às vezes nem ele mesmo sabe.

Outro dia peguei um casal assim já de meia-idade, bem apessoado, lá no centro, no Teatro Municipal. Eles tinham ido vê uma tal de ópera, sei lá. Já eram umas onze e meia da noite, a gente veio bem até o Aterro, entramos em Botafogo e o trânsito emperrou. A mulher já azedou na hora e foi falando pro marido:

– Que trânsito é esse, quase meia-noite? Não é esquisito, Alfredo?

E o tal do Alfredo parecia um homem rico mas não era fino, sabe? E não gostava mais dela, eu acho. O cara era uma múmia. A resposta dele pras conversas da mulher tavam mais pra rosnado, sabe?

– Alfredo, isso não é um absurdo? Nós aqui parados num trânsito quase de madrugada, não entendo, é estranho, hoje é sábado. Será que é algum acidente, Alfredo?

Como o homem não dizia nada, aí eu interrompi: com todo respeito sabe o que é isso madama? Simplesmente aqui virou um lugar só de "homensexuais" e mulher sapatona. É cheio de barzinho deles, a rua toda. Fim de semana ferve. Quem quiser ver homem beijando homem e mulher se esfregando em mulher, é aqui mesmo.

– Você tá ouvindo, Alfredo? Meu Deus, eles agora têm até bar pra eles, até rua!? Não é um absurdo, Alfredo?

– Ô Onça, cê me conhece, sabe bem como é que eu sou. Pra mim isso se resolve é na porrada. Se eu sou o pai, desço do carro e não quero nem saber o que é que entortou, o que é que virou, não quero saber o que é cu e o que é fechadura, baixo o sarrafo na cambada! Eu, com sem-vergonhice, o sangue sobe, viro bicho!

— Para de falar essas palavras de baixo calão, Alfredo. Hum! Fica de gracinha que a pressão vai lá nos Alpes, você sabe muito bem o que é que o médico falou..., não é motorista? Alfredo não é muito esquentado?

Eu dei o meu pitaco: – É madame, o negócio que ele tá falando é como eu vi no filme: uma metáfora. Ele não vai bater, vai só ficar zangado.

— E o senhor sabe lá o que é metáfora? O senhor lá entende de metáforas? Escuta isso Alfredo! O que é metáfora, seu motorista?

— Metáfora pelo que eu entendi é assim: aquilo não é aquilo, mas é como se fosse aquilo. Então, em vez da gente dizer que aquilo é como se fosse aquilo, a gente diz que aquilo é aquilo. Mas não é. É como se fosse. Foi?

— Eu acho que o senhor tá certo, mas na verdade eu estou é chocada com essa libertinagem. Olha aquele homem... que safadeza meu Deus! E de bigode ainda! Escuta isso Alfredo!

— Escutar o que, Coisa?

— O que eu estou vendo, gente! Ai, Alfredo, não está vendo? Parece que é cego, não é motorista?

— Hoje tá até fraco. Eu falei. Hoje nem tem os "general".

— Quem são? Escuta isso Alfredo!

— General das sapatona é aquelas de coturno que parece mais com um macho do que qualquer outra coisa. E o outro general é o homem transformista que é a traveca, mas anda é na gilete mesmo.

— Tá ouvindo, Alfredo? A violência e a decadência como estão?

— E a gente vai ter que ficar parado nesta merda, ô Coisa?

— Calma, Alfredo, não fica nervoso! Isso é questão do nível das pessoas. A gente que tem... não é motorista?... mais condições, temos que entender essa..., essa..., como é que eu digo, meu Deus? Essa...

– Putaria!

Falamos juntos, eu e o tal do seu Alfredo com cara de doutor de num sei de quê.

– Cruzes, Alfredo, não era isso que eu ia.... Alfredo, olha aquela moça! Gente, uma menina, dezoito no máximo, e a outra maiorzuda no meio das pernas da coitadinha, fazendo sabe lá o quê!!! Tá vendo Alfredo aquela ali? Ali, aquela Alfredo, em cima do carro! Olha lá, Alfredo, a mão da grandona na menina! Elas vão se beijar na boca, minha Nossa Senhooora...

– Que transitozinho, hein, jararaca? Nunca mais viremos por Botafogo, tá decidido. Tá ouvindo, ô Coisa?

– Mas Alfredo olha a menina! Tá beijando, tá beijando, tá beijando Alfredo! Ela parece... Alfredo é Gisele! Alfredo! Nossa filha!?

– Filha da puuuutaaa...

E desmaiou o tal do doutor, enquanto a jararaca da mulé ventou porta afora de sapato na mão atrás das duas e eu pensando: não quero nem saber, encosto aqui mesmo e espero o resolver, que uma corrida dessa eu não vou perder, que eu não sou bobo e nem sou rico. É ruim de eu ir embora, hein?

Então fiquei naquela situação: eu com um cara que era um ex-valente todo desmaiado no banco de trás parecendo uma moça e a mulé pisando forte que nem um general. Quer dizer, tudo trocado e eles reclamando da filha. Se eu pudesse ia lá defender a moça, mas não posso, já que o negócio é de família, né?

Eu não tenho preconceito, mas é isso que eu tava falando pra senhora: daqui a gente sabe cada coisa! E é cada um com o seu cada qual.

Mulher é o diabo

Eu, entrando no táxi, e o motorista veio logo dizendo: "Mulher é o diabo!"
– Muito obrigada, eu disse me ajeitando no banco de trás.
– Pelo amor de Deus, você me desculpe, não é com você. Como é o seu nome?
– Júlia.
– Pois é, Júlia, eu tava era pensando alto. Cê vê a minha história. Isso já faz tempo: eu tinha uma vendinha lá na Abolição onde sou nascido e criado. Era praticamente uma mercearia, dessas que vendem de um tudo. Tava tudo certo, tudo no lugar. Até que um dia apareceu por lá uma mulher, ai meu Deus, que mulher! Ninguém sabia nada nem referência nem procedência. Bonita, que eu vou te dizer, se Deus fosse mulher seria ela, que paisagem! Estava se mudando pra lá e apareceu na venda pra comprar as coisas pra casa nova. Entrou iluminada como uma coisa mandada.

– *Oi, meu nome é Záira. Estou me mudando aqui pro bairro; ali na rua principal 58, coladinha com a farmácia. A casa é boa, mas tem sempre uns finalmentes, né? Eu preciso ver os canos de pia que você tem. Vou ter que trocar.*

Eu de cabeça baixa olhando meio de viés metade pro chão, metade pra direita, fugindo do olho dela. O meu olho parecia agarrado na porta onde estavam amarradas as vassouras. Fui mostrando os canos pra ela nervoso, atrapalhado, me deu um engasgo na garganta, um desespero, nenhuma palavra vinha visitar a minha boca, as ideias de assunto fugiram todas da cabeça. Eu não sabia o que dizer espantado com a beleza dela. Aquela mulher morena, aqueles olhos amendoados, aquela boca carnuda rosinha rosinha, aquela voz de samba-canção tudo saindo de dentro do vestido vermelho de seda...

– Um momentinho, o senhor pega o túnel por favor? Mas e aí como é que o senhor sabia que o vestido era de seda?

– Ih, Júlia, meu pai tinha loja de tecido, preciso dizer mais? Bem, continuando, e palavra não vinha mesmo na minha boca. Palavra, se saísse de mim, parecia que era só no mês que vem. A boca seca seca. Escolheu os canos e falou:

– *Vou levar esses do tamanho-padrão; o que que há? Sou mulher mas tenho mentalidade e, mais que isso, tenho expediente! Duvida?*

E deu uma gargalhada macia. Eu, bobo, fui na gargalhada dela, inebriado que nem uma besta.

– *Quanto lhe devo?*

Eu mexi a língua tentando dar um banho na boca, vê se animava a palavra a sair, mas cadê saliva? Então juntei todas as minhas forças e consegui dizer as únicas palavras que pareciam também ser as últimas, tamanha velocidade com que batia meu coração: – Nada, é cortesia pra vizinha nova.

E baixei outra vez a cabeça pra não olhar dentro do olho dela e me mostrar todo. A coisa mandada então chegou perto de mim, deitou os cotovelos sobre o balcão, igual uma égua, se é que égua pudesse com um balcão, pegou meu queixo, levantou meu rosto e disse:

– *Como é seu nome?*

Aqueles olhos moles me tonteando e eu reuni os pingos de água na boca pra dizer: – Gilmar.

– *Olha Gilmar, comerciante que dá... a mercadoria não fica rico nunca, não vence!*

E deitou uma nota sobre o balcão que era praticamente o preço justo da conta. Saiu rebolando devagar e ritmado firme por dentro do vestido. Não era ela que rebolava, era o ritmo. O andar dela tinha uma cadência, parecia que eu tava vendo uma fruta no galho. Balançando pra mim. Sim, porque ela não era mais uma menina, era mulher já, uma fruta no ponto, um cajá de estação, um cajá saído do mês de abril. O danado do ritmo me hipnotizando como um...

– Feitiço!

– Isso, Júlia! Tirou da minha boca a palavra. Um feitiço de amor que eu tanto tinha ouvido dizer e não conhecia. Nem me lembro como correu o resto do dia, se teve freguês, se comprou, se dei certo o troco. Fiquei avoado. A noite passou sem sentir falta do meu sono. Na cabeça só as palavras dela: *"comerciante que dá a mercadoria não fica rico nunca, não vence!"*

– Eu vou te dizer uma coisa, Júlia, sempre fui fraco pra conselho de mulher; o bicho parece que pega em mim e vira lição, sabe? Ou praga.

– Sei, mas e aí, ela voltou?

Noutro dia, cedo, mal abri a loja, lá vem a tentação.

– *Oi, Gilmar, bom dia!*

Aí que eu fui perceber: todo mundo tava de olho nela, até o Tonho Carretel da Jussara costureira, o Claudiney de Dorinha a cabeleireira, seu Xavier o farmacêutico casado com dona Mocinha e, pasme você, até o metido do Gaudencinho, filho do prefeito que tinha faculdade de direito e tudo, sem contar o padre Albano que disse que confessava ela a hora que ela quisesse. Todo mundo de olho nela, além dos solteiros que não tinham outro assunto, inclusive eu. Mas eu era aquele cara tímido sem vocação pra pensamento profundo e complicado. Resumindo: eu pra rico tava era longe. Foi aí que eu fui entender: não é que a danada da mulher caiu foi na graça do papai aqui?

— Bom dia, dona Záira.

— *Ah, você vai ter que escolher, ou me deseja bom dia mesmo ou me chama de "dona" e estraga ele.*

— Desculpe, Záira, é respeito, sabe?

— *Respeito está é na atitude.*

E suspirou fundo o par de peitos enchendo de ar, parecendo balão de São João no decote do vestido.

— *Ai ai, você vê, eu durmo sozinha e acordo acompanhada de problemas!*

Falou passando a mão nos cabelos cheio de cachos pretos assanhados na nuca e eu com a mesma boca seca seca, mas com mais coragem por trás do impulso das palavras. Só que era tudo palavra que não podia dizer: gostosa, te quero toda, rebola pra mim rebola. Sabe pensamento proibido?

— Você acha que eu podia falar?

— Não, né Gilmar, acho que nessa hora não.

— Pois era assim, minha filha, o meu repertório lá dentro de mim, enquanto ela continuava linda e sorridente vestida de azul.

— *Agora são as torneiras da casa, uma não fecha direito, a outra sai uma água fina parecendo um favor, a da cozinha pinga, ai Gilmar eu vou ficar maluca.*

E deitou cansadinha, coitada, o meio corpo sobre o balcão, as costas nuas saltaram aos meus olhos como um lavrador que vê uma terra boa, não de arar, mas da gente logo logo fincar plantio.

— Que lindo.

— Lindo? Maravilhoso! Aquele costado que a gente chegava a ver onde começava as asas.

Pois minha mão, sem perguntar nada, sem pedir permissão, caiu ali na divindade daquela pele boa e eu disse, sei lá como: vou lá encarar essas torneiras! O amor pegou nós dois ali mesmo no meio dos parafusos, no meio das carrapetas, das porcas, das lâmpadas, dos pinicos, dos tijolos, das linguiças, do feijão, dos arames, das mangueiras, das canecas, das esteiras, ali no meio do estoque nosso amor se apresentou tão definitivo, que fui morar com ela!

A mulher era uma estrada nova. Eu com ela deixei de ser o Gilmarzinho da venda pra ser um destaque. Todo mundo me olhava diferente, oferecia cerveja e tudo. Também pudera: em um ano a vendinha virou mercearia e depois supermercado! "Supermercados Záiramar". Virou uma rede! A matriz ficou na Abolição, mas eu tinha filial na Penha, em Piedade e até estabelecimento em Duque de Caxias. Toda vizinhança dizia que tinha morrido um Gilmar e nascido outro. É muita novidade que a danada trouxe. Antes dela eu nunca tinha ouvido falar em conta conjunta. Aliás, eu nem cheque tinha. No começo eu dizia:

– Ah, Záira, dinheiro pra mim é dinheiro vivo. Cheque é papel.

– *Mas dinheiro é o que por acaso? É pano? É carne? É madeira? Dinheiro é papel, e o pior, um papel sem a assinatura do dono, quer coisa mais sem garantia, homem?*

– Que argumento dela hein, Gilmar!

– Mas a mulher era tão boa nessa matéria, rapaz! Levava qualquer mestre no bico. E que bico!

Bem, continuando, virei foi um microempresário: e tome cartão de crédito, e tome sócio de clube, e tome vida social pra lá, e tome até carro importado. O primeiro carro importado do bairro foi o do casal aqui. Virei até membro do Rotary Club da Abolição com direito àquele emblema com leão e tudo...

– Mas isso é Lions.

– Ah, então era Lions, Júlia. Sei lá! Sei que a gente ia lá fazia caridade e todo mundo espalhava a nossa boa ação, todo mundo ficava sabendo que a gente era bom, uma beleza de vida, sabe? Uma vida certa.

– E filhos?

– Três, tivemos três, dois meninos e uma menina e todos com o mesmo padrinho, sabe quem?

– Não.

– Padre Albano.

Eu nunca soube que padre podia ser padrinho. Pois mal a dúvida engatinhava lá vinha a dona Explicação:

– *Ô Gilmar meu amor, homem de Deus, bota essa cachola pra funcionar: padre, o nome mesmo já tá dizendo, pra compadre só falta o "com". Uma palavra é parente da outra meu bem. São compatíveis.*

E também ainda que não fosse permitido, ainda que não pudesse, era só Záira cismar que passava a poder:

– *Aonde tá escrito "não pode", padre Albano? Me mostra esta escritura? Mas tem que ser na Bíblia!*

Nem o pobre do padre podia com ela, aceitava. Os batizados eram lindos, cada um com uma madrinha diferente, festa cheia de salgados e muita gente com inveja daquela compadragem, que eu sei.

Era um amor que deu filhote. Carinhosa que ela era, ao mesmo tempo que era assim positiva. Era doce comigo e com os meninos. Nunca faltou beijo pra ninguém lá em casa, nem o ninho quentinho das asas do abraço. Pensa que o corpo dela estragou? Nada, melhorou: os peitos ganharam bico, coisa que eu nunca tinha sentido falta antes nela, mas logo logo me vi viciado na diferença. Os quadris ganharam mais redondeza e parece que o corpo aperfeiçoou na pegada, ganhou alça, sabe, apoio, se é que você me entende.

– Entendo, e acho bonito você dizer assim.

– Bonito? Escuta só minha filha, vai escutando.

Até que Záira encasquetou de vir pros lado de cá de Copacabana, Ipanema, atrás de *boutique*. Danou de comprar roupa cara, com etiqueta de grife, pra mim e pros menino, e o estilo dela era "dai-me dois", sabe como é?

– Não, o que é isso?

Ah, se gostava do modelo, queria um de cada cor, de forma que todo modelo que agradava, ela multiplicava em cor. Fui gostar de uma calça de linho cinza. Ah, pra quê? Záira comprou mais uma branca, uma azul marinho, uma bege e mais uma tal de salmão, que eu nunca tinha ouvido falar dessa cor. Vinha ela com argumento: que eu tinha camisa compatível com aquele modelo, que era compatível com meu estilo de vida. Não sei por que ela adorava essa palavra compatível. Até que não aguentei e falei: ô Záira, não adianta, você tem é fraco por *boutique*, vai ver tem até jeito pra coisa. Ah, pra que que eu fui falar!? Záira não sossegou enquanto não abriu uma *boutique*: "Záiragil Modas". Teve inauguração com música ao vivo, vidro fumê, salgadinho, garçom e vinho.

– Não vai ter cerveja, Záira?
– *Lá não, porque não...*
– ... é compatível?
– *Não. Porque não combina mesmo, Gil. Ai, às vezes você me irrita!*
– E deu certo a *boutique*?

No começo sim, mas aí, ela foi mudando, e toca encher a casa de empregada e motorista pra levar os meninos no inglês e na natação, e até de carro novo ela apareceu, um carro zero só dela. E toca ir pro Paraguai comprar produtos da Índia. Comprar coisa da Índia no Paraguai? Eu não entendia e reclamava, ela então jogava na minha cara que eu não tinha tino pra negócio.

Bem, que ela era danada pra negócio eu nem preciso dizer, mas precisa viajar tanto?
– Mande alguém no seu lugar, Zairinha...
– *É o olho do dono que engorda o gado seu Gilmar dos Santos Machado, entendeu?*

Nessa noite saí de casa contrariado e fui conversar com padre Albano. Compadre Albano a gente até esquecia que era padre, parecia gente mesmo, igual a todo mundo, Albano só. Ele ia na churrascada sábado de calça jeans e tudo, tocava aquele violão acompanhando a voz de Záira e os meninos agarrados no padrinho que mal deixava o homem aprumar no colo a viola.

– Gilmar – nessa noite ele me disse – sou seu compadre, seu amigo, mas como representante de Deus, te digo: calma, deixa-a trabalhar, viajar, não a pressione. Você vai ver. Com fé e paciência tudo se resolve.

Voltei pra casa mais calmo. Encontrei Záira chorando.
– *Parece que você não vê que a gente tá cheio de dívida? Estamos no vermelho, Gil.*

Resultado: pra encurtar a história, o buraco era tanto que tivemos que vender a loja da Penha, mas pra vender a loja da Penha tinha que vender Piedade pra pagar os IPTUs atrasados da Penha e regularizar a escritura no cartório. Foi o que fizemos.

Dias depois, chego em casa e Záira chorando de novo:

– *Que se fosse na Barra ou mesmo em Copacabana ia ser diferente, que o pessoal daqui não está a altura da qualidade da minha mercadoria, que o nível das pessoas daqui não é compatível com a qualidade das minhas roupas, que ter essa* boutique *aqui era botar anel de ouro em focinho de porco.*

Ah, não pestanejei:

– Da Abolição só saio morto! Gritei.

E aí que ela chorou de se desmanchar:

– *Você não entende Gilmar, eu estou falida. Estou devendo cheque especial, cartão, promissória, prestação, o decorador da* boutique *tá atrás de mim, eu tô desesperada, estou vivendo uma depressão, e não tenho dinheiro pra fazer terapia, você entende agora?*

Olhei dentro do olho dela e falei:

– Com fé e paciência tudo se arranja.

É certo que as palavras eram de padre Albano, mas eu falei como se fossem minhas, ainda botei o "tudo se arranja" que o padre não falou. Dei uns beijos na testa dela e saí.

Tive uma ideia, ideia minha mesmo, independente: vendi Caxias, paguei as dívidas dela e o que sobrou dei numa caixinha de presente bem compatível com o gosto dela.

– Toca sua *boutique* meu amor.

– *Gilmar! Pra mim? Não acredito! Ô meu amor, ô meu amor.*

Fizemos um amor muito gostoso aquela noite. Parecia até aquele amor daquela vez em cima do estoque.

– Ai moço termina logo a história que eu tô quase chegando... eu preciso saber o final, adoro história de amor.

– Tá terminando minha filha, tá terminando.

Noutro dia acordei com sangue novo, feliz que nem um passarinho. Lá pela metade da manhã apareceu Záira na loja da Abolição. Linda, vestida com aquele vestido vermelho do primeiro dia. Uma iluminação. Ainda cabia direitinho nela. Eu ajeitando os queijos na prateleira junto com o empregado e ela debruçou sobre o balcão de frios, pegou meu queixo, chegou o lábio bem juntinho do meu, aquele lábio rosinha rosinha, aquela boca de cheiro bom, cheiro de safadeza, e me disse sussurrando:

– *Comerciante que dá a mercadoria não vence.*

Mas ela falou tão indecente que até o empregado saiu de perto.

– *Vou dar um pulinho no Paraguai. Hoje é quinta, segunda eu tô de volta. Cuida dos nossos meninos, tá meu amor?*

E me deu um beijo demorado, um beijo que valia mais do que ser dono de todos os supermercados do mundo. Passou quinze dias ela não voltou, passou um mês e veio a notícia: Záira fugiu com padre Albano.

– O quê? Que filha da puta! O senhor me desculpe.

Não minha filha, o pior não é isso. Fiquei eu largado da mulher, corno de padre, criando três meninos: uma de sete, um de cinco e um de quatro. Vendi a *boutique*, a matriz da Abolição, com o dinheiro paguei as dívidas e tive a ideia, eu mesmo, de comprar esse táxi. Agora você sabe por que é que eu digo que mulher é o diabo?

– Acho que sei, né?

– Sabe não Júlia, não sabe mesmo.

Pois eles sumiram no mundo, Albano e Záira. Cansei de procurar pra todo lado, até o Vaticano investigou em vão o paradeiro deles. Ninguém sabe, isso tem cinco anos e oito meses. Mas o que me move é a esperança.

– Esperança de que Gilmar, de quê?

É aí que eu digo que mulher é o diabo. Porque se ela aparecer agora, na minha frente, e me quiser, eu topo.

Só em falar dela agora pra você eu fico todo nervoso por dentro.

A boca seca seca.

Parte III:

Sala de Exibição
(da gaveta contos de vista)

*O narrador, o que conta a memória coletiva,
está todo brotado de pessoinhas.*

(Eduardo Galeano)

MON ANIMAL

Eu a vejo quase todas as manhãs. Não é exatamente bonita. Aliás, ela é de uma feiura estranha como se carregasse uma boniteza espalhada em si, nos gestos e não nos traços exatamente. Não importa.

Importa é que a vejo acompanhada perenemente pelo seu cão. Um pastor-alemão com cara de bom companheiro. E o é. Eu vejo. Olha-a muito, encaixa seu focinho entre os joelhos dela, brinca com ela, gane querendo dengo. Ela também, essa minha vizinha de uns quarenta e vividos anos, brinca de não solidão com esse cachorro específico; gosta dele, ri:

– Não Duque, assim não, deixa o moço, Duque, me espere. Não vá na minha frente assim, cuidado com o carro, menino.

Ele a olha como quem agradece. E vão os dois, não em vão, pelas ruas de Copacabana sob o sol, felizes que só vendo. Eu vejo.

Ela é camelô; nos encontramos no elevador e eu:

– Vocês se divertem tanto, é tão bonito.

– É, nos conhecemos na rua. Ele olhou pra mim bem nos meus olhos. Eu estava trabalhando. Vi logo que era um cão bem cuidado fisicamente, mas faltava-lhe carinho. Deixei minhas bugigangas (ela vende coisas que querem imitar joias antigas) por não sei quanto tempo e fiquei agachada na calçada da Avenida Nossa Senhora, só namorando ele. Decidimos que ele viveria comigo. Naturalmente. Tudo aconteceu "naturalmente", ela frisou, como se quisesse dissipar de mim qualquer sombra de suspeita de um possível roubo.

Noutro dia, no mesmo elevador, ela com seu carrinho de balangandãs, eu e Duque. O elevador apertado e ela continuou, à moda feminina, a conversa do último elevador nosso:

– Tenho certeza que ele é de Câncer. É muito sensível. Só falta falar, né Duque?... ele não é lindo?

– Lindíssimo. E você que signo é?

– Ah, sou Capricórnio, mas com ascendente em Câncer, combina sim.

Eu vejo Duque lambendo as mãos dela, as magras mãos cujos dedos ela oferecia de propósito e distraidamente à "imordida" dele. Eu olho admirando receosa por conta dos afiados dentes dele. Quase não entendo de cães.

– Ah, você tem medo... ô... não ofenda ele; Duque entende pensamentos e não gostou do que você pensou. Jamais me morderia, jamais me trairia. Né Duque?

Senti o pensamento de Duque latindo que jamais a trairia. Achei bonito. Chegamos.

– Tchau, bom trabalho. Tchau Duque.

Fui para a rua pensando longamente nos dois. Depois pensei nos mistérios da astrologia e perdi o fio do meu pensamento. Ao final da tarde avistei pela janela Duque e Ângela indo ver o crepúsculo na praia. Depois vi os dois voltando sorridentes e caninos, sob a noite estrelada; ela com fitas de vídeo penduradas ao braço; sempre conversando com ele.

Tenho inveja de Ângela. Essa é que é a verdade. O animal que eu quero não mora comigo, não almoça mais comigo, não brinca mais, não me telefona, não me adivinha os pensamentos, não me acompanha ao crepúsculo, não gane querendo dengo, nossos signos parecem não mais combinar. O animal que quero pensa demais e por isso não passeia mais comigo.

E o pior, não me lambe mais.

O VERDADEIRO BRILHO DE AMETISTA

Tinha rolado na cama. A noite toda tinha. O sono se fez de *intermezzos* entre cochilos insones e um despertador-alarme que era feito da presença indiscreta de seu próprio corpo. Parecia um galo até. Seu corpo resolveu berrar, cantar, eu acho, esta noite. Sentia sua presença como nunca: coluna, quadris, cintura, pernas, entrecoxas, ventre. O ventre, então, pesava incômodo nela e ela era aquela que nem menstruava mais.

Ametista acordou e se surpreendeu com a resposta do espelho, a imagem, digo. Era ainda bonita. Tinha nítidas marcas do rascunho que Deus, em sagrada inspiração, havia feito para o seu invólucro.

Serviu o café da manhã sem palavras ao seu Aníbal. Seu parceiro Aníbal há 38 anos. Tinha mimo pelo costume daquele convívio: o bigode dele. A barriga. O pijama sempre listrado. Pijama feito de azul sempre. O jeito fechado e sério. O desamor dele pelo bom humor dela. O fora de hora eterno das gracinhas sem graça de Ametista, mas estava tudo era muito bem!

Foi à missa das sete da manhã e observou como nunca o modo como o padre devorava a hóstia dele. E nesse dia, só nesse dia, reparou como a hóstia dele era maior, aliás muito maior que a dos fiéis. Benzeu-se. Notou a boca de puro sumo do sacerdote sedenta ao beber o vinho, que, afinal, lembrou que nem era vinho e sim metáfora ritualística do sangue de Cristo, o Jesus. Jesus! Olhou sem querer um rapaz na cruz em sumários trapos; seu quadril de moço magro, seu olhar de homem sacrossábio. Que coisa louca. Que é que deu em mim hoje? Credo! pensava. Estava inquieta e estranha aquela manhã de inverno. Cruzes!

Pegou o ônibus para ir ver filhos e netos, que era dia. Ônibus cheio. Ametista segurava-se nos cabos de alumínio em pé entre uma cadeira e outra. Nunca segurava em cima; "coisa de homem e não servia para ela", Aníbal achava e por isso ele dizia.

Teve vontade de assobiar. Muita vontade. Chegou até a fazer o bico propício, mas na verdade não assobiava há trinta e seis anos e tinha medo de desafinar. E depois, Aníbal sempre achou que não pegava bem: mãe de filhos, avó, professora de catecismo na paróquia... não ficava bem mesmo viver assobiando por aí. Pensando na lei moral da vizinhança, ela, no raso, acabava concordando. Mas, no fundo, tinha muita vontade de assobiar nesse dia e isso era um fato. Perturbador até. Assobiar um bolero que fosse e, pensando bem, aquele ônibus nem era o da sua comunidade. Era mais um dos que iam dar em Cordovil e ela nem era de lá. Aníbal tinha ficado em casa. Esse então não sabia mesmo nem o número certo do coletivo que os levaria à parentada..., só o pegava em alguns domingos festivos sob a direção de sua Ametista. Portanto era anônima. Se era anônima, era sua. Só sua. Já que se pertencia, já que ela era dela mesma... resolveu: soprou em fino trato um fado que gostava – "Estranha Forma de Vida". Estava ainda boa de bico, como diria seu falecido pai quando ela era criança e já assobiava. O pio daquela velha cotovia foi invadindo o ônibus, o barulho das marchas e ela nem aí. Foi quando notou que o rapaz sentado na cadeira, a que suas mãos cercavam, era, não bonito, mas um homem bicho macho muito perto dela. Mais perto que um obstetra. Mais perto que Ruth, parteira amiga antiga. Um homem cuja maior diferença era não ser Aníbal. Um homem.

Começou então a idealizar o cardápio do almoço: um suculento contrafilé à milanesa, batatas fritas, salada de beterraba com pepino, arroz que já estava pronto até e o feijão que era só temperar com um alho miúdo e bem socadinho. Pronto. Só que quando pensou "pronto" sua boca estava na boca do rapaz a quem suas mãos e braços demarcavam. Beijava o rapaz. Nunca, nunquinha mesmo, tinha tomado a iniciativa de um beijo. Nem com Aníbal para quem tal atitude seria certamente coisa de prostituta ou então fogo de mulher, dizendo mulher como sinônimo de palavrão. Nunca tinha em outro dia de sua vida, senão naquele, saído de si mesma para ir beijar a boca de alguém ou ninguém. E agora estava ali atada àquele des-Aníbal que nem sabia quem era.

Beijou demorado na desforra do que tinha acumulado sem saber, sem perceber; e ao beijar enquanto beijava continuava na vagância do não percebimento disso. Beijava a valer, com fôlego, sem pausa porque o rapaz correspondia. Enfiava a língua ritmada naquela boca boa. Enfiava com bis a língua e tirava para voltar de novo. Enfiava a grossa rosa língua como um réptil ou uma flor na vida de Ametista. Uma sensação de paraíso invade o céu virgem da boca, a dela.

Beijou, beijaram-se.

Houve freios bruscos. Houve curvas. Houve pontos. Mas Ametista beijava. E descolando agora o lábio do eterno beijo passageiro do passageiro, desembarcava no clã das noras, ninhos e netos. "Vovó é tão amorosa!"

Voltou para casa acompanhada de uma amiga que não via há décadas. Amiga antiga da qual havia se afastado por muito tempo. Voltou com a sua mulher na algibeira da alma. Plantas e vasos a reconheceram. Feliz e muda como uma pedra Ametista brilhava. Aníbal adorou o contrafilé.

O SOL QUE NÃO SE PÔS

Sol ardente do começo da tarde. Podia ter ido visitar o amigo em outro dia, não naquele. Véspera que fosse, um dia depois e tudo seria outra coisa. Mas não. Os roteiristas da vida são sofisticados e seus enredos são meticulosos quando se trata de cruza de caminhos. E o acaso capricha. E ri. Dava pra ouvir sua sarcástica gargalhada, gargalhada de saci, de rei e de menino ao mesmo tempo.

Foi naquele dia. Laura chegara direto da piscina quase. De saia curta, camiseta e sandália havaiana. Viera do clube para essa casa na montanha, ver o amigo-irmão Thiago, o Proteína querido. Beijos cervejas abraços risos piadas admirações. Que casa linda, Proteína, você merece! Lindas são suas pernas! Tire as mãos delas, não são para o seu bico! Isso é porque você não conhece o meu bico.

Verão quente e uma tarde com muita cara de uma tarde absolutamente normal e luminosa.

Mas a porta se abre e chega o último convidado. Um sol entrou. Laura não o conhecia. Seu olhar cruzou com o dela riscando um caminho no ar no meio de todos como uma seta um raio uma determinação. O olhar-anzol dele alcançara o olhar de Laura. Chicoteava doce o ar.

Meu Deus, quem é esse olhar que pareço tanto conhecer e que nunca vi? O que reconheço nele? Meu sonho? Um tipo de molécula afim? Um feromônio? Um pé de mim, como um calçado desde sempre desaparecido? Quem é esse olhar? Um pé de sapato de mim perdido?

Laura saracoteava pela casa amiga, se colocando para as flechadas, como se isso fosse uma opção, como se pudesse delas escapar. Mas na cabeça só a pergunta: Quem é esse olhar, acaso eu o procurava, dada a satisfação que sinto em encontrar?

Fotografias, cachaça, erva e amizade eram os ingredientes daquela alegria até então. Proteína é excelente anfitrião, por isso a festa é boa. Mas agora, pensava Laura, era um tal de querer sentar ao lado do cara, perto do desconhecido durante o almoço, era um tal de roçar as cadeiras, os copos, a pimenta e o prato, a lata de azeite e o garfo, e um perigo enorme entre os dois. Agora era acabar de almoçar e passear pela vila. Laura desejava que pudesse ser um passeio a dois.

Ele também desejava, pois ao vê-la pela primeira vez na vida naquela casa, naquele dia, naquela tarde, Diogo, o convidado-viajante, não vira mais ninguém: móveis, decoração, bom gosto, rosto, todos eram fundo, desfocamento, moldura daquele raio de luz, que era pra ele, Laura.

Quem é essa mulher que parece ser minha como se já tivesse sido? Nunca a vi, e que saudade tenho dela! Diogo trocou para amanhã o seu voo de volta a seu porto, a seu trabalho lá no norte do país. Era um homem de passagem.

No passeio pela vila, que Proteína sugeriu, um ímã atraía aqueles seres indefesos àquela força. Uma agulha bordava muda no tecido da atmosfera, no tapete da brisa sutilíssima daquela tarde de sol parado, sua trama. O acaso urdia o feixe de sua armadilha, o desenho do seu jogo no tabuleiro daquela invisível e nítida paisagem. O olhar de cada um já não podia mais viver sem o olhar dos dois. Era o encontro da sede e sua água. Era uma nutrição. Estavam atordoados. Nenhum assunto objetivo conseguia emplacar desenvolvimento ali. A carne daquele olhar, a matéria daquele olhar, a consistência dele, ousava ser mais eloquente do que qualquer palavra que não pronunciasse o seu sentido. Não é que houvesse falta de assunto, o assunto era o olhar. Era ele, com o seu vesúvio de sensações, o protagonista.

– Sobre o que mesmo você falava?
– Eu? Não sei. Não sei mais nada.

Um bondinho que circula na bucólica vila mineira promove, com seu percurso de trilhos, dispersão e reorganização dos pares. Eram seis, mas só àqueles dois era impossível trocar de par, só a eles, uma estranha força ditava ordens de comunhão, proximidade, com requintes de displicentes toques durante a caminhada. Não eram toques decididos antes, era uma deliciosa obrigação, era uma necessidade. Parecia o dia da independência dos membros, cotovelos brindavam rápido, mãos, braços se aproximavam levissimamente, era quase um cumprimento, mas era ainda aceno, delicados assanhamentos como se fossem os dois uma folha de árvore que toca a outra cumprindo um mandato de vento.

– Como você é linda! Diogo disse no romântico coreto todo ornado de trepadeiras silenciosas. O sol batendo cúmplice no coração dos dois. O sol batendo pra sempre, o sol batendo sem volta. Agora pra Laura e Diogo era quase impossível não se banhar naquela mirada, naquela ponte que se estabelecera entre os dois e sobre tudo. Não era um olhar, era um encontro com tudo de estreia que um primeiro encontro tem, porém, banhado de uma estranhíssima familiaridade.

– Quero te ver.

– Eu também.

– Agora eu compreendo o que quer dizer a palavra impressionante.

– O que Diogo?

– Estou impressionado com a sua beleza, estou louco pelo seu olhar, parece que eu gosto muito de você. Estou louco por você.

O sol castigando a linda tarde. Proteína parecia perceber tudo e foi aceitando a distância e conduzindo com sutileza o grupo, de modo que aos poucos todas as pessoas, a vila, os amigos ficaram pra trás. Enlaçados por não sei o quê, os dois entram num táxi, se olham, uma mão pousa sobre a outra, se beijam, se embebedam de olhar e querer e querer e querer, e se reconhecem no crepúsculo quente da tarde pintando reluzente o lombo da cidade.

– Minha, minha mulher!

– Que saudade eu tenho do que ainda não vivemos. Que loucura!

A noite chegara, mas não houve sol poente. Laura e Diogo eram ainda dois raios ardentes a açoitar o coração no tambor de cada batida. Coração na pressão. A cidade histórica atrás dos dois através do vidro do táxi. Voltas sem destino pelas ruas porque o destino estava dentro do carro. O destino quando precisa pega até táxi.

Não, não era uma paixão: era um maremoto doido com muita cara de paixão, mas não era paixão. Tinha um brilho, o brilho do amor, o sopro dele no ar. É certo que tinha a urgência da paixão, o desobediente e o inconsequente tempo dela, mas sua terra, sua constituição, sua substantiva massa tinha o trigo do amor. Dava pra ver seus ramos. Os gestos eram todos filhos legítimos da intimidade. Nenhum gesto bastardo, nenhum engano. O carrossel de confirmações corria solto no banco de trás do táxi, no bar, no elevador. O universo enfim transformou-se numa grande cama redonda para aquele olhar, uma grande cama para que aquele profundíssimo amor de olhar se desse.

Diogo depois de um beijo: se for complicar muito a sua vida e a minha, ainda que a gente não se veja mais, já está bom tudo que aconteceu, já basta para eternizar.

Teve choro na despedida, teve partidas e Diogo voltara na madrugada para a sua vida. Nunca mais seria o mesmo. Laura, toda ocupada desse tema, virou um caderno de tanto escrever em diário o único assunto do seu pensamento.

Diante da distância e já no dia seguinte, mensagens sonoras tentam de forma desesperada suprir a crise de abstinência daquele olhar. Os dois agora eram reféns daquela lembrança recorrente, da memória do gosto daquele beijo, da sessão daquele filme e do desejo de entrar de vez no cinema.

Frames: boca, língua, penetração de dedos, líquidos, olhares, olhares, olhares... Ele beijando as costas dela no táxi ela cheirando o delicioso perfume do pescoço dele, a mão dele quentinha na palma sobre as coxas dela, ela pulando pélvica sobre ele no elevador.

– Você tá ficando cada vez mais linda durante essa tarde, cada vez mais linda!

– Te quero.

Bilhetes sonoros celulares sustentam agora os dois:

– "Tô levando você no coração, minha dádiva."

– "Ainda estou sob os vapores, meu amor, não paro um minuto de pensar em você."

– "Eu também não paro um minuto de pensar em você. O que é isso? Desde quando essa eternidade nos flechou? Ontem?"

– "Ontem foi quando mesmo? Quanto tempo dentro dele o tempo comporta?"

– "Seja lá o que for, eu quero viver o que for isso."

– "Não é melhor esgotarmos logo esse fogo e pronto?"

– "Corremos o risco do fogo incendiar a floresta."

– "Você abriu uma fenda no meu peito, mas eu já tratei de fechar. Com você dentro."

– "Jura!?"

– "Seja bem-vindo."

Essas mensagens são agora a dose, a metadona que precisam para suportar as horas, os dias, os meses da torturante espera até a próxima parada.

– "Sinto falta material de você, fome de você."

– "Eu preciso te abraçar, eu preciso ser sua."

Enquanto isso ela arde, enquanto isso ele arde. No caminho quilométrico que separa os dois, na fartura de léguas desse caminho que passa por várias cidades, rios, populações, tudo arde.

"Ah, esquecer, quem há de esquecer o sol dessa tarde?

Um sol a gritar".*

---

* ("Das dores do oratório" – João Bosco e Aldir Blanc)

Um dedinho de amor

Mamãe tinha quatro filhos e um marido que amava, mas nunca associara amor de casamento com os frutos dessa união. Não tinha um dedinho de consideração por nós. O Kiko ficou reprovado pela segunda vez na mesma série, e ela apenas disse folheando o jornal: é novo, ano que vem passa.

Eu pequena, olhava aquela hereditariedade de desafeto, aqueles irmãos vindo antes de mim sem afago de mãe. Eu caçula, observava e pensava: qual será a escala para escalá-la? Nada. Era sempre uma mãe distante, mãe montanha, mãe gigante, mãe longe, não imbuída de nos amar, não incumbida dos mais naturais cuidados: merenda, beijo, histórias na hora de dormir, preocupações pentelhas – Não suba no muro, não caia daí!

Ai, era uma mãe *extra mater*. Parecia que estivéramos todos fora dela quando dentro.

Até que um dia, o irmão do meio adoeceu de modo sinistro na sexta e no domingo definitivamente nos deixou. Eu mal chorava. Tudo em mim eram olhos espantados de ver minha mãe assolada de uma ternura mórbida, porém ternuríssima, sobre o corpo: meu filho, meu amado, meu preferido, minha vida. Proferia ela amorosos impropérios destoantes do que eu entendia como real até então. Na dor da perda, minha mãe amava mais aquele filho do que a todos quando nasceram: filho meu, bendito filho meu, o que será de mim?

Compreendi que a culpa disparava nela um amor retroativo, forte, maravilhoso que, se não ressuscitara meu irmão, tamanha sua força, em mim produzira uma extensa lavoura de esperança de afeto.

E fora assim desde então. Se algum adoecia, minha mãe fechava as portas dos jornais, da televisão, do marido, do mundo, pra ser só mãe daquele filho enfermo.

Cabeceiras insones, histórias contadas até a febre se render, beijos longos que diziam: não me deixe amado, não me deixe.

    E eu? Eu tinha era uma filha da puta de uma saúde que teimava em não me largar. Todo mundo lá em casa pegava gripe forte, porque ainda não existia dengue, pegava hepatite tipo analfabeta, porque ainda não havia classificação, caxumba, catapora e infecções sucessivas de garganta. E eu, boinha da silva! Me encostava em todos, me oferecia para cuidar; pequenina ainda, queria respirar o ar contaminado do sangue irmão. E nada. Ela mesmo dizia: essa não precisa de mim. E eu precisava.

    Então passei a perseguir acidentes naturais, árvores altas, bombas proibidas em São João, altas velocidades em carrinhos de rolimã nas ladeiras, mãos perto demais das fogueiras, mas nenhum galho fraco era meu cúmplice, nenhuma bomba amiga minha explodira, nenhuma ladeira era minha companheira, nenhuma chama minha irmã.

    Um dia, tinha só cinco, fui na gráfica do meu pai. Pensei, vou machucar um pedacinho do meu dedo, vai doer, vai ter sangue, curativo, lágrimas de minha desejada mãe, alguma febre, choro meu, colo, colo, colo e, só depois, muito depois, conserto. Só que a máquina era lâmina e minha matemática, pouca. Calculei mal. Pus o mindinho na guilhotina e fechei os olhos pensando nos olhos de minha adorada mãe que eu ainda não havia experimentado acolhedores sobre mim. Eu era a última, a menorzinha, a despedida da prole, carregava a impressão de ter nascido e ouvido um adeus ao mesmo tempo. A máquina decepara meu dedo. Deixara apenas uma falange-cotoco primeira, uma base de dedo. Foi rápido. Sangue, muito mais sangue do que eu previa. Torpor.

Meu pai desesperado trazido amparado pelos empregados eu não vi. Vi só minha mãe morrendo de dor pelo dedinho meu que perdi e que em mim não doía e nem fazia falta.

– Minha filha, minha filhinha adorada, minha preferida, minha garotinha amada, mamãe tá aqui, tá doendo? Responde, tá doendo? E, eu mentindo: muito mamãe, muito. Mas, não doía nada. Se doía, o amor de minha mãe vindo assim em lufadas inéditas sobre mim, que era um machucado só, estancava qualquer dor. Se confessasse, poderia perdê-la de novo.

Fui crescendo feliz com mimo por aquela mãozinha manca. Na escola, no primeiro dia de aula, me divertia em enfiar essa falange vitoriosa no nariz para que a professora de estreia pensasse que estava todo o dedo dentro dele. Ela repreendia: o que é isso Camila? Tira o dedo do nariz! Que coisa feia, menina feia que você é! Vai se machucar assim! Então, eu tirava a falange mínima, quebrando a ilusão ótica no nariz da mestra. E ela: ô, desculpa querida, me perdoa, a titia não sabia...

E me olhava com olhos de se olhar com pena sobre os aleijados e muito arrependimento daquela gafe. Eu gostava da cena. Repeti isso por todo primeiro grau, a cada primeiro dia de aula. Era uma beleza.

Nunca mais perdi minha mãe. Nunca mais fiquei boa do dedo e nem ruim dele. Nunca quis ele de volta. Quem quis ele era a minha mãe. Por muito tempo, fiquei dando meus pedaços para ser amada. Agora não.

Minha mãe ainda quer meu dedo de volta. Eu não quero mais nada. Tenho mãe. Perdi um dedinho, um mísero dedinho pra ganhar uma mãe.

Antes de mim, ela não tinha um dedinho de consideração por ninguém dos filhos. Agora tem.

SAGA NA CAIXA DE DIÁLOGOS

Acordou estranho. Aliás, eu despertei com o debater de seus braços inquietos na estreita cama. O que é que foi? Perguntei sonolenta ainda. Eu também não estava bem, mas se havia alguém que não poderia cair, soltar de vez a mão do leme, por absoluta falta de dublê, esse alguém era eu. O que é que foi?...

Não respondeu. Chorou no meu etéreo ombro, molhou minha impaciência já pela manhã. Quer um suco? Perguntei tentando ajudar. Não respondeu. Fiz assim mesmo. Não tomou. Disse que não ia se acostumar, que não queria levantar. Eu disse: Mas precisamos trabalhar. Não posso trabalhar sem você. Terei que pular, saltar, dançar, cantar, quem sou eu sem você, meu amor?

Eu falava carinhosa e sem mentiras, embora nessa hora tentasse fortalecer-lhe a vaidade, o timo, o sei lá o quê. Precisava dele.

Nessa hora guardou o soluço e virou-se de bruços. Nu. Fazia frio. Suas ancas pareciam as de uma égua. Bonitas ancas. Marrom. Toquei-o e sussurrei: Lindo. Senti que tremia por dentro e estava quente. Lá fora o digital marcava seis graus e ele quente. Termômetro: 38 graus e nove. Pus-lhe compressas na testa. Com pressa dei-lhe um banho daqueles com molho de choque térmico à moda suíça. Fala alguma coisa pelo amor de Deus, implorei. Não vou aguentar, me disse,... Não vou aguentar... disse isso com olhos mornos de febre e molhados de dor. Beijei-lhe então a boca. Ele continuou: Tenho saudade da língua dele, das mãos dele na cintura, do nariz dele no pescoço...

Ele ia falando e eu já atrasada para o trabalho, desesperada ia cumprindo as rotas eróticas daquele choramingar, daquela falta,... Eu seguia cumprindo-lhe os devidos carinhos nos lugares citados e certos. Acabou que a água de seu entrepernas molhou minha mão. Água quente, febril, muito quente. Provei e era salgada e era ácida e era forte. Tentei brincar: Errou a mão no sal, hein?

Ele não riu. Peguei-o no colo. Ele que sempre fora minha casa, dessa vez cabia todo nos meus braços, estava mole e o levei pra cama outra vez. Lá fora iam me buzinar para o trabalho. Olha, eu disse, também estou sofrendo... Foi quando ele me interrompeu e disse: Iogurte eu tomo. Desci as escadas para preparar rápido. Ele então gritou pirracento: Mas feito por ele e com granola. Mas foi ele quem fez, gritei eu mentindo como quem mente para o bem de uma criança. Guardei, meu amor, sabia que íamos querer. Íamos? Ele me perguntou incrédulo.

Sim eu disse oferecendo o iogurte com frutas frescas e na cerâmica do jeito que ele estava acostumado.

Eu estou morrendo de saudade dele também, Curuminzinho. Me ajude a ficar viva, por favor. Não fraqueje, não amoleça agora. Temos muita coisa pra fazer. Há de vir o sol de novo. Disse isso e abri a janela para o dia já meio azul embora frio. Repara. O sol não fica todo o tempo a brilhar; quando chega a pino começa a se pôr. Depois renasce. Ora, já vimos muitos sois, meu amor, você já tá grandinho, já sabe...

Pois não me venha com filosofias chinesas que eu não estou com saco, respondeu-me o malcriado. Mal criado por mim mesma.

Me irritei e: Chega, você está me atrasando com essa manha. Venha se banhar e pronto, vamos logo com isso!

Ele então se agarrou nos travesseiros em prantos... eu quero ele. Eu quero agora, eu quero ele nas minhas costas amando em mim como um Deus, você lembra, Eu-Mesma?

Claro que lembro. Eu nunca me separo de ti. Oh, meu querido reaja comigo.

Ele só chorava tudo, molhando a fronha.

Não vacilei. Desci, chamei Alma, chamei Razão também... Pedi enfim uma reunião de emergência com todo o *staff*. Alma estava escrevendo e não gostou de ser chamada assim às pressas pela manhã. Não havia dormido. Em casos graves assim ela sempre exerce vigília. Quando cheguei perto de sua escrivaninha, ela me olhou com olhos fortes e disse: Entra. O que é que há dessa vez? É Curuminzinho, está mal. Não quer sair pra trabalhar de jeito nenhum. Beijei, agradei, mas se recusa a levantar da cama. Já tentei tudo. Precisamos de uma reunião.

Alma pensou um pouco: Hum... Razão já sabe?

Já. Mandei Sentimento avisar.

E ele foi? Perguntou Alma.

Foi. Chorando apavorado fazendo estardalhaço, mas foi.

Sentei meio tonta na poltrona macia da Alma.

Ô Eu-Mesma, como é que você está reagindo dentro dessa hecatombe, minha amiga? Alma me perguntou com seus olhos fundos dentro dos meus.

– Não sei. Invento que estou bem, sei lá. Tenho medo de me escutar e ouvir um não. Por isso nem me pergunto.

— Ok. Reunião na sala! Falou alto e imperativa a Alma. Eu no entanto tentei argumentar quanto ao local: Acho que devia ser no quarto. Curuminzinho não está em condições de andar e...

— Diga-lhe que desça!

— Mas Alma se...

— Que desça! Repetiu ela com olhos indobráveis.

Subi devagar cada degrau pensando no que faria pra convencê-lo. Cheguei aos pés dele. Latia, miava, berrava, ele era todos os animais feridos ao mesmo tempo. Leão, gazela, formiga, macaco... Mesmo assim, emocionada e com pena, soprei-lhe com segurança no ouvido: Sem papo. Alma ordena-lhe que desça. Imediatamente.

Pulou da cama e eu levei até um susto. Pegou a toalha de banho apenas, jogou-a nas costas e veio como uma lebre. Curuminzinho sempre respeitou muito Alma, desde pequenininho.

Talvez até tivesse ainda medo dela.

Nos reunimos enfim. Razão estava séria e logo se inscreveu na falação.

— Acho que o assunto requer atenção minuciosa e total. É sério. Há sonhos envolvidos, raridade na qualidade do encontro; o ponto fundamental da questão, apesar de ser de ordem amorosa, é o fato do outro que partiu ainda querer a gente. É complicado.

— Minha opinião é que deverá haver espera, disse Alma com seu jeito seguro. Calma e sábia espera, entenderam?... E vê se para de chorar, Curuminzinho, não é a primeira vez que você sofre de amor, certo?

– Eu queria falar uma coisa...
– Fala Sentimento, tava demorando, caçoou Razão.
– É que eu não esperava isso gente... Estou sentido, estou baqueado...
– Porque quer, atirou Razão. Essa era uma guilhotina avisada, discutida o tempo todo. A separação sempre foi uma coisa possível. Essa mania de amor eterno! Mas tu se faz de bobo pra poder viver, né?
– Sim, mas no dia anterior, continuou Sentimento, ele me trouxe flores. Disse que nos queria a todos nós: Intuição, Razão, Alma... Que adorava Curuminzinho; que Eu-Mesma era a mulher da vida dele... Ai, que pena que me dá ver Curuminzinho assim... Ó, não chora minha criança...

Sentimento foi se aninhar ao lado dele que nesse momento choraminga como um pintinho abandonado em dia de chuva, num cantinho no chão, marrom como aquele carpete, marrom como os assoalhos, marrom como a terra e os terreiros; lá estava ele miúdo e magro como se murchasse.

– Ah, se trouxe flores no dia anterior e estava amoroso e gentil, era certamente o canto do cisne. Deduziu impecável a Dona Razão...

Alma: Você como sempre exata e rápida nas deduções, hein D. Razão!

Razão: E nas induções também, querida...

Alma: Bem, há um hóspede que nós todos queremos muito, pelo bem que vem nos fazendo, certo?

– Certo. Respondem em uníssono Sentimento e Curuminzinho.

Alma: Você o ama, Sentimento?

— Amamos, respondeu apressado o danado bichinho pelos dois.

— Pare de falar por mim, tá Curumim? E prosseguiu: Digo que estou é apaixonado.

A impertinente e voluntariosa criança continuava choramingando e declarou emoções imediatas que julgava profundas: Eu não, eu não estou apaixonado. Eu amo mesmo, Alma. Tenho certeza.

— Curumim, o que é que você entende do amor? Perguntou-lhe a madura Alma, como se fosse um Lama.

— Tudo! E tem mais, se não fosse eu, ninguém aqui entenderia nada de amor. Nada teria sentido não fosse eu...

Disse isso e ficou por um instante de pé, mas voltou logo a se encaixar amiudado na cantoneira da parede que ele mesmo já havia esquentado. Eu estava preocupada. Pra mim era fundamental que ele reagisse, precisava ir trabalhar. Eu não dizia nada. Sentia ao mesmo tempo que o tempo real havia parado para o "simpósio". Fazia tempo que não nos reuníamos assim.

— Eu-Mesma não fala nada? Alma indaga olhando fundo pra mim.

— Sim, estou envolvida com isso até aqui; eu disse marcando o limite na testa de Curuminzinho. Ele se afasta zangado. Está naturalmente arisco, meu Deus. Eu estava em suas mãos.

— Não adianta brigar comigo. Estamos juntos nessa, Curuminzinho...

Razão: Bem, o dia já nasceu há muito, tenho uma agenda cheia de compromissos, chega de lero-lero.

Alma: Digo que precisamos de ordens firmes, precisamos estar inteiros, firmes, unos. Não nos separemos!

Razão: Se tiver que haver corte real de algum laço, cortaremos.

Alma: Mas nós não nos separaremos, certo? Sólida constituição, sólida postura.

Deixemos que o caos de agora passe sem nos levar. Sinto que esse amor não partiu definitivamente. Intuo. Ô Eu-Mesma, apronte Curuminzinho e vamos trabalhar!

Vesti ele então com roupa de Oxum, calça de veludo amarela, camisa amarela, casaco mostarda e pronto. Não queria passar batom de jeito nenhum, o bichinho invocado. Contrariada, concordei. Agora estava atrasada mesmo. Já me buzinavam lá embaixo.

Curuminzinho é meu animal de estimação. É templo. Animal de tudo, ele é minha natureza, minha síntese. É quem se resseca e se esfria recebendo as estações; é quem sua e geme por mim; é meu mensageiro, meu carteiro, moleque de recados dos meus sentidos. Minha casa nobre.

Com menos febre, partimos. Curuminzinho é o nome do meu corpo, o corpo de Eu-Mesma.

Saímos. Mais tarde viria o sol.

Reluzia

a saga do silencioso sentido

Era sempre de noite. Noite absoluta. Eu já pressentia a hora. Raimundo chegava sempre no meio de uma alta escuridão a me trazer o seu amor especial. Chegava chocalhando as chaves como a um caxixi e já vinha gritando Luzia, Luzia! Adivinha quem chegou? E eu respondia do quarto onde era sempre hora de passar batom sem espelho. Quem chegou foi meu amor... Eu adorava os sons do Rai: seu jeito de acender o fósforo hipnotizado para acender o cigarro da marca Monterey. Com estilo. O risco do palito era sempre melódico e bom e ainda me dava a impressão de que a vida estava toda certa e no lugar.

Luzia, vou te contar um segredo: gosto mais de fósforo do que de isqueiros. Gosto de ver a pólvora virar amarela-azulina chama. Dizia isso e vinha pra cima de mim. Primeiro ia me margeando como a um rio. Então passava a contramão do gesto nos pelos do meu antebraço e toda a penugem virava relva ao vento bom. Eu ficava era uma tonteira só de arrepio no corpo intenso e todo. Mundo, você me ama? A resposta era uma mordida leve e úmida no assanhado durinho bico do meu peito esquerdo. Impressionante como o Rai achava no meio da noite meu corpo, seus segredos, dobraduras e armadilhas. O companheiro é verdadeiramente o mensageiro da gente. Raimundo me dera informações básicas sobre mim: dizia do meu gosto, do negro definitivo de meus cabelos. Do meu jeito de falar, que ele via, sempre protegendo o peito, o plexo, os chacras e o timo. Ótimo amor esse Rai. Na rua seguia em frente me guiando pela mão como um escudo que me protegesse contra os males do mundo; como se num inevitável embate entre mim e qualquer fato eu pudesse me espatifar.

Luzia... Rai tinha uns silêncios muito grandes entre um pensamento e outro. Entre uma ideia e seu natural explicar. Demorava-se em pausas longas no que poderia ser apenas uma vírgula, uma breve respiração, apenas o tempo mínimo de elaborarmos o que vamos dizer enquanto o estamos dizendo. Mas Raimundo não.

Era demasiado generoso consigo mesmo através desses silêncios. Demorava e eu nunca fui boa nesse negócio de deixar silêncio passar em branco ou em silêncio mesmo. Sempre fui acometida de uma pressa repentina, uma contínua obsessão em preenchê-lo, atordoá-lo, em desmantelá-lo e encher de assunto o seu tenebroso abismo. Era como se houvesse perigo nessas pausas. O silêncio, meu Deus! Mundo, no entanto, me ensinara: minha morena linda, pelo amor de Deus, quando o silêncio for meu, deixa ele comigo, tá? Não me venhas tu com tuas palavras na pressa de preenchê-lo, combinado? Nesse dia aprendi que os amores devem existir com separação de silêncios.

Luzia, vou entrar em você, você deixa?

Entre minhas pernas eu sentia a cor do desejo que vinha dele pelo piano dos dedos; o caminho morno da parte de dentro das coxas e depois sua espada, meu Deus. Parece Ogum, Rai olha que eu te amo, Mundo, ai, Rai vem com seu tronco de macho de bicho, ai Mundo... quem será você? Será você tão lindo como me parece, ou estou enganada? Nunca saberei. Tá me ouvindo amor? Vem pra dentro de minha alma e me tape os buracos e dê sentido a todos os meus sentidos... Eu seguia desesperada de prazer entre vagabunda e poética e Raimundo só dizia: muito, toma meu bem... toma. Arfava no meu ouvido até se render... Mundo virava mar caudaloso em mim. Quente.

Uma enorme noite sempre. Nesse dia fiquei horas agarrada ao violão, ensaiando; iria fazer meu recital de música num clube de Três Pontas. Nesse mesmo dia acabou não havendo acorde nem aplauso: Raimundo não viera me ver, me buscar. Telefonou: Luzia não esqueça que te amo. Dormi no ninar daquela frase. Amanheci e junto comigo amanhecera um corpo abafado, mormaçado... Não é que era o meu corpo? Avisava que ia chover. Prenúncio. Mas o dia só raiava mesmo quando ele chegava com suas mãos preciosas e precisas. Noite total, ele não veio. Tínhamos decidido nos casar na última noite; ganhei até um anel que me fazia gozar da sensação de trazê-lo ao dedo. Era de ouro cravejado de caquinhos de diamante. Aqueles pedacinhos transformaram minha inteira e nada alma em estado de noiva.

Outra noite ele não veio, então apalpando com cuidado cada tecla numerada do telefone, arrisquei... Não me ama mais? Lá do outro lado da linha, silêncio na garganta de Rai (silêncio dele ou meu?), insisti:

– Não me ama mais, Mundo?
– Não diga besteira minha deusa!
– Então por que você não veio?
– Eu te amo, minha santa, depois conversamos.

" Foi me dando uma tristeza morna. Me subia do fôlego a sensação de faringe quando finge a melancolia em forma de azia. Alguma coisa me perturbava com a mesma inquietude com que a premonição queima por dentro uma bruxa. Algum fim parecia aproximar-se. Fosse que fim fosse, era vasto perto e mergulhante.

Meu corpo sempre fora sensível aos rios do desejo e acalmar-me era uma providência a começar pelo lado de fora. Então, estendi-me na cama, na escuridão do quarto, no mormaço do corpo, na harmonia intencionada das mãos acostumadas a mim, aos meus mais sutis segredos e fiz amor comigo. Minhas mãos pareciam me amar muito aquela noite. Dormi enfim profundo, antes que o temporal destinado à minha vida caísse.

Luzia, Luzia... adivinha quem chegou?

Meu sono sumiu para dar lugar à música do caxixi das chaves. Chegou meu São Pedro, meu porteiro generoso abrindo as portas do meu céu. Quis correr ao seu encontro, mas tive medo de tropeçar, cair. Minha casa era cheia de objetos sempre perto de mim no afeto da utilidade, por isso não havia pista de corrida que desse, sem margem de erros, aos braços firmes do meu amor. Raimundo me achou e me abraçou apertado: hum... essa camisola em matéria de beleza só perde para esse tambor de quadril...

Ri logo.

Luzia minha santa, você está ouvindo o canto da araponga? Vai chover sabia?

Mundo, confessa logo: por que você sumiu? Promete não ir nunca mais pra onde eu não possa alcançar, promete? Prometo! E chorou. Chorou horas e muito no meu colo molhando cambraia e camisolice. Ensopou a fala. Da metade do choro pra lá, ele começou a me beijar miudinho, passava a língua quente e o rosto molhado nas minhas virilhas: acabou alcançando logo com a boca "a flor mais preciosa do jardim mais próximo", ele mesmo dizia. Nos amamos solenes com uma nobreza de linho. O gozo foi dourado dentro de mim. A noite passou toda dentro do quarto: nós enfiados no dentro de nós mesmos do outro; nada fora do lugar. Tudo dentro do lugar.

Deu-me uma fita cassete de presente e disse pra que eu ouvisse depois no rádio--gravador que ele mesmo me dera Natal passado. Ah Mundo, Mundinho querido... não sabe vir me ver sem me trazer uma lembrança qualquer, são oferendas que, pela quantidade delas, mais parecem pedrinhas com as quais marcara o caminho para não perder a rota desse amor. Eu te amo, Mundo meu.

Manhã: beijos manteiga, beijos mel, língua mate, barulho de casquinha de pão ou torradas nos molares de Rai. Ai, isso é uma felicidade! Luzia você é a mulher mais linda que meus olhos já tocaram. E eu nunca fui tão amado nem serei.

Será sempre sim, amado por mim, meu mago Merlim. E gargalhamos, gargalhamos... eu me sacudia muito mas ria quase sem som, ria pra dentro, muito dente, muita dobradura de corpo e nenhum som. Ficava com o rosto vermelho, eu acho, porque ele me dizia: Luzia cê parece uma bomba, meu amor, solte isso, solte... e gargalhava ele caindo gostoso em cima de mim. Te ligo, te proclamo rainha. Me beijou como um corisco e foi.

III Passei o resto das horas muito feliz pensando na minha ex-tristeza chata. Comparada à paz de agora, minha intuição de antes era uma nítida insegurança, uma impropriedade, uma bobagem mesmo. Resolvi tomar banho, mas ao tirar a roupa subiu-me um cheiro tão maravilhoso do amor nosso muito bem feito, que achei que seria profano lavar-me. Lavar o quê? Meu corpo estava limpo já, de paixão. Deitei na cama solta, confiante, afundando o colchão com a preguiça do corpo; eta saudade boa, eta ócio bom; ê vidão!

Estendi o indicador para pressionar o botão do som, mas esbarrei no violão. Caiu barulhento, o coitado. Errei (ai, os alvos, meus Deus, os alvos!). Agora o botão certo e a fita cassete. Tocava Ravel, o Bolero ao fundo: "Luzia... (a fita era cheia de silêncios Raimundescos. Raimundo era o homem que me ensinara que silêncio, cada um tem o seu. Respeitei)... Luzia eu vou com a Mendes Júnior para o Iraque; aquela mesma lida, meu bem, petróleo, perfuração, mas... desta vez... Iraque. Não vou voltar. De lá sigo pelo Golfo em golfadas fundas de saudade de você por muito tempo. Sinto que meu caminho é outro e de outra maneira. Você é muito sublime e nem sei se tenho direito à sua árvore. Luzia, pelo amor de Deus, acredite que te deixo louco de amor. Te deixo por não querer um dia te tratar mal; por não suportar a ideia de um dia vir a te cobrar demais, a te exigir demais na teia do cotidiano. Mas nunca pense que tomei essa decisão pelo fato de você ser cega. Você está... proibida de concluir assim. Sua cegueira na verdade só te transforma, pra mim, numa criança linda a quem guiar e, que ao mesmo tempo, com sua vidência, tantas vezes me guiou. Saudades eternas do seu tato amoroso e... farejante... Nunca vi alma com olhos tão reluzentes e sagazes. Tô indo meu amor. A essa hora já parti".

Fiquei como morta na cama. Meu ouvido fazia um zumbido de abelha perdida. Nunca mais ia querer levantar, pensei. Nunca mais. Ele tinha razão. Como poderia eu, cega, guiar os filhos que teríamos? A Marieta, a Sofia, o Urano, filhos escolhidos dos nossos sonhos... Como poderia eu guiá-los, meu Deus? Pra onde? Depois que se dá à luz é que se começa a dar a luz. Eu não poderia levá-los ao parque e dizer cuidado!... Não poderia proteger a cria. Um dia Raimundo com certeza não iria aguentar mesmo. Iria sobrecarregá-lo; ter em casa uma humanidade pra cuidar!

Meu corpo morreu. A mão pensou em pegar o violão, mas desistiu antes de ir. Era incapaz de qualquer gesto. Tudo perdera motivo, sentido. Tudo perdera sua possibilidade de festa.

Inútil gastar gesto.

Quando acaba a fita a voz do rádio automaticamente invade o som da casa:

"Hoje é dia de Santa Luzia, treze de dezembro. Aí vai, caros ouvintes, uma simpatia milagrosa para os que desejam ver melhor, para os que foram privados da luz dos olhos... Anotem aí a simpatia... Hoje é dia de Santa Luzia".

Lembrei-me da promessa que minha mãe fizera e pagara metade pondo-me esse nome, na esperança que a Santa se apiedasse de mim. Logo na maternidade descobriu a falta desse mudo sentido. E uma parte da promessa, segundo minha mãe, era tarefa minha: ir durante toda minha vida às quartas e quintas à missa na igreja dela. Dois olhos, duas missas.

Santa Luzia é uma espécie de Iansã com Oxum; na quarta vestido vermelho, na quinta amarelo. Chegou a me levar muitas vezes, minha mãe. Depois ela morreu e eu me esqueci. Com ela acho que foi minha fé. Ou era fé só dela, não sei.

Mas ao dormir meu espírito decidira, antes de mim, rezar a reza simpática que o rádio dizia, embora meu coração fosse só perfuração; embora nos meus olhos, só petróleo. Denso caldo, densa lágrima sem fim.

"Oh minha Santa Luzia, dá-me o sol como guia
faróis que iluminem a estrada a seguir
oh minha Santa Luzia,
transforme a escuridão de minha jornada
na firme espada a luzir."

Dormi desmaiando rezando a repetição daquela súplica.

IV Foi uma noite profunda. Deve ser assim o sono da morte. Abri os olhos e doeu abrir os olhos. Uma luz quente mostrava uns panos num tom que tinha a maior cara do que eu sempre pensei que fosse a cor azul. Não é que eram minhas cortinas? As cortinas do meu quarto, Mãe do Céu!

Olhei para a cabeceira e tinha umas fotos de um casal feliz-no-bondinho, feliz--no-corcovado, feliz-no-pão-de-açúcar. Não é que eram Luzia e Raimundo?

Nossa como ele era lindo, alto, lindo de morrer! Lá estava ele: Rai.

Doía muito olhar assim pela primeira vez. Era a primeira vez que eu via Mundo.

Tive coragem e resolvi olhar pela primeira vez por onde andar. Gostei da minha casa.

Todo mundo geralmente se conhece primeiro por fora e depois por dentro. Comigo não, por dentro eu era uma velha conhecida minha e por fora acabara de me ver rapidamente por fotografias. Agora estava prestes a ser apresentada a mim, no espelho, pela primeira vez ao vivo e a cores.

Cheguei à penteadeira. É. Eu não era de se jogar fora. Também não era maravilhosa como Raimundo dizia. Mas era bom que tivesse calma, ainda não tinha visto os outros.

Passei horas talvez, brincando comigo, me imitando, fazendo caretas pra mim, me beijando na superfície lisa do espelho. Nascer é assim, pensei.

Fui com minha cara. Re-Luzia.

Desta vez, tomei mais animação do que coragem e fui até a janela. Olhei o dia.

De agora em diante só numa parte dele chegaria a noite. Nunca mais seria noite o dia todo.

Olhei pra cima. Doeu um pouco dobrar o pescoço desacostumado a céus.

Do céu caía excelente e nova água. Era temporal, o meu temporal, meu Deus!

Click

Lira tinha um namorado discreto e recente pra quem ligaria depois da palestra. Cientista, socióloga e pesquisadora das culturas das comunidades ditas primitivas, a brasileira Lira morava na Espanha e ligaria para o tal namoradinho que tinha conhecido num almoço em outra palestra. Ligaria depois do discurso, depois do decurso, depois do curso das coisas.

Click. Um fotógrafo no corredor da universidade pesca o estilo dela. Vai olhando o linho bordado do colete, a seda fina do vestido pérola que lhe supunha as curvas, as botas, italianas com certeza. Olhos de esfinge tinha a Lira. O lince olhar dele invade seu movimento como um gesto, que é o que o olhar é. Ela percebe. Toma um café. Pega um cigarro na cigarrilha *madrileña* de prata, de cigana mesmo, e tenta quebrar sua impostada formalidade, pedindo a ele, justo a ele, o fogo.

– Eu vim pra te fotografar, doutora Maria Lira. Não vim pra acender-lhe os cigarros, em todo caso...

– Obrigada, de qualquer modo. Não sou fotogênica, não fico à vontade diante de câmeras, diante de filmes. Considero mesmo um purgatório passar por eles. E tem mais, eu confesso, fico sempre nervosa antes de falar... Assim que terminar vou ligar pro meu namorado..., senhor...

– Romano. Meu nome é Romano. Romano Calô.

– *Calau*? É francês?

– Não.

– É do verbo calar, passado, calou?

– Talvez. A gente sempre vira passado. E Lira, vem de onde?

– Meu pai é poeta, músico, me deu esse nome. Os mestrados podaram muito meu pai. Lesaram sua música... sua lira.

– Não tenha o mesmo destino que a lira de seu pai, senhora.

Lira ouve seu nome ser anunciado. Pessoas muitas se dirigem ao auditório. Treme a Lira. Ela e toda sua partitura. Encarna a dama e vai. Lotado.

– *Minha experiência com comunidades, tribos e suas crenças, artes, dialetos, tem mudado minha vida. E é por isso que sou cientista. Sou mais cientista na hora em que procuro do que na hora em que acho. Não o sou pelo que encontro, mas pela busca, pelo que procuro incessantemente. A cada dia venho aprendendo a lidar com preconceitos daninhos, mesquinhos, que eu pensava estarem há tempo absolvidos, resolvidos pela depuração que a intelectualidade deve provocar. Engano meu. As comunidades ditas primitivas encaram suas pulsações com...* (click). Lira sente na veia o *click* dele e se refaz na sutileza... *Com respeito por si. Eu ia dizendo que o desejo, a criação e tudo o que é genuinamente da qualidade humana, é precisamente o Deus dessas organizações.* (*Click*).

Só ela ouvia o *click* profundo de Romano como quem recebe um raio, uma seta. Sentia palpitações inoportunas no meio de si e da palestra. Embora houvesse jornalistas e diversas câmeras ali, só o *click* dele era o trovão, o vão, o infortúnio.

Click dela bebendo água e pausando a fala; *click* dela tentando acender o cigarro e desistindo em seguida; *click* dela engolindo com dificuldade a pouca saliva.

— Numa comunidade do norte da África, por exemplo, houve um momento em que achei errado, equivocado não comermos com as mãos. Todos comiam assim ali. Eu também comi. Achei tão confortável, tão direto, tão íntimo que comecei a achar subitamente falso, hipócrita o uso de talheres. Nós também somos caçadores. A diferença é que temos capangas e os mandamos matar, embalar e até temperar essa caça. Isso é o nosso almoço e tudo vira um civilizado crime de supermercados. Risos da plateia. *Mas somos caçadores. E sórdidos. Comemos com garfos para ficarmos mais distantes do crime... bem não estou com isso dizendo que a partir de agora só devemos comer com a mão nossa presa.* Engole a saliva e ele *click*. Aplausos.

Ela se sente meio tonta e senta-se um pouco. Revê anotações no roteiro e levanta outra vez ajeitando com elegância o vestido de seda marfim atrás, cuja costura havia ficado presa no vale das ancas. *Click* na mão dela.

— Vi uma inscrição linda numa tabuleta em uma floresta no Zaire: "Enquanto os leões não tiverem os seus próprios historiadores, a história continuará sendo uma versão dos caçadores". Aplausos fortes e entusiasmados. *Alguma pergunta? Click.*

— Gosta de ser negra, linda senhora? da plateia, pergunta o fotógrafo.

— Obrigada pelo linda. "Adoro" essa é minha resposta, Romano.

— Romano?... Como sabe o meu nome?

— O senhor me disse agora mesmo no corredor.

— Só se for "O Senhor", porque eu não lhe disse nada, comecei a trabalhar agora. (*Click*)

Risos discretos da plateia. Lira fica tensa, mas retoma ferina e elegante:

— Em algumas áreas do interior de Soweto, por exemplo, a fotografia é considerada um perigo, uma... como é que eu digo?... uma ladra de almas. Nessas tribos, nossa equipe não teve permissão de realizar qualquer registro fotográfico. Pode nos parecer uma perda lamentável como pesquisadores, mas pesquisar não pode significar invasão, intrometimento, desrespeito. Aplausos.

— Creio não existir critério de melhor ou pior quando o assunto é cultura; para isso precisaríamos cometer a insensatez de elegermos alguma, fatalmente em detrimento de uma outra. Não existe regra fixa ou predeterminada em se tratando da versão que cada grupo humano dá ao Universo. Universo: unir as versões.

Chuva de aplausos. Tem gente de pé. *Click, click, click*. Lira agradece e está totalmente mexida pelos *takes* que ele pega dela. Mas não podia pensar nisso: quando se está num palco tem-se que encostar num canto as emoções pessoais de modo que adormeçam. Mas no fundo ela sabe que essas emoções se filtram e acabam por se infiltrarem interferindo no ritmo, na temperatura, no tom do tema. Bebe mais água. *Click*.

Por que ele gosta tanto de me fotografar bebendo água? *Click*. Meu Deus, acho que eu devia ter vindo com o vestido verde, iria fotografar melhor, pensa.

Lira prossegue com bravura por mais um quarto de hora no debate. Autografa alguns livros, levanta-se e finaliza:

— *Meu desejo é que vocês possam aprender como venho aprendendo a delicadeza necessária para se andar no mundo: cada casa, cada bairro, cada favela, cada palácio é um mundo; quanto mais delicado e simples e receptivo e generoso for o forasteiro, mais de casa ele se torna, mais de casa ele é. Gosto de voltar ao Brasil e estou emocionada por estar aqui. Em casa.*

Lira se emociona. Aplausos esfuziantes, abraços. *Click.*

Começa o coquetel. Muita gente, eu não aguentava mais o olhar dele, sua teleobjetiva, seu carnaval, seu carrossel de misteriosas e óbvias intenções. Meu Deus, só me faltava essa. O pior é que não tenho a mínima vontade de ligar para o tal namorado novo... Meu Deus como Romano me olha!

O garçom veio trazer o champanhe e um bilhete: "Assim que chegar a hora da revelação, lhe enviarei o que consegui roubar de ti".

Não consegui mais pegar o copo com naturalidade. Tremia muito e nunca fui de tremer. Tive vontade de pedir uma vodca, mas nessa hora um aluno me pede pra autografar um livro onde conto o que acabei de descrever na palestra; era um jovem entusiasta que falava muito e eu não o escuto, me limito a concordar enquanto tento ricochetear o olhar de Romano lá da outra mesa.

Bebi o champanhe com sede e ansiedade e fez um pouco de efeito. O suficiente para eu sentir o apertado das novas botas e resolver tirá-las sorrateiramente por debaixo da mesa. Toca uma salsa. Algumas meninas e meninos dançam descalços na pista. Também vou. Que calor. Descalça e moderna dancei meia hora, eu acho, sem parar. Fazia tempo.

Relaxei, mas perdi meu fotógrafo de vista. Melhor. Precisava telefonar. Calçando as botas, notei um papel dentro de um pé, quando voltei à mesa. Não é que era outro bilhete?

"Não vá embora, não telefone pra ele, não me deixe; não nos deixe como se fôssemos tribos menores, até porque, somos tribos menores. Quero estar no seu passo. Boteco 13, à esquerda dessa mesma rua, ao lado do auditório."

Bebi o resto da bebida já meio quente e saí meio louca. "Doutora Lira..." Já volto, eu dizia entre os afoitos estudantes. Perturbada, mas decidida: nem o telefonema, nem essa loucura, vou é para o hotel. Chovia fino; tirei o colete, queria sentir a chuva, queria me acalmar. Na esquina, à esquerda, esperei um táxi. Um táxi que me salvasse. Táxi! Táxi! Ele parou. Eu sentia que estava na frente do tal boteco e que minhas costas davam direto no olhar dele. Sentia Romano me estudando o decote, sentia que seu olhar me queimava o dorso e entrava demoníaco em minha nuca. E o motorista: A senhora vai pra onde? Pra lugar nenhum. Respondi sem pensar.

– Mas como pra lugar nenhum? Tá me achando com cara de otário, ô meu? Quem vê uma mulher bem vestida assim, bom tecido, com jeito de estudada, não vai pensar que vai tratar a gente de palhaço... vai procurar um trabalho, vagabunda!

Fiquei pasma e ele tinha razão. Me aproximei da janela do carro:

– Desculpe, vim fazer uma palestra, não conheço bem a cidade, na hora que o senhor me perguntou...

– Ah, vai caçar um homem, vai! E acelerou.

Fiquei zonza, achei que estava todo mundo olhando e me dirigi sem saída ao bar. Romano havia pedido *contreau*. Sentei-me educada, mas sem pedir licença.

– Não costumo beber *contreau*. Eu disse bebendo logo um gole, nervosa.

– Mas adora.

– O que é que você quer comigo?
– Que você ligue urgentemente pra seu namorado.
– Pra quê?
– Pra que você não possa me enlouquecer de vez. Nem a você.
– Que pretensioso! Com o seu estilo não corro o risco de enlouquecer, meu filho.
– Se é assim por que não se entendeu com o taxista?
– Meu problema com o táxi foi uma mera questão de mapa, de bússola.
– Sim. E o nosso problema, qual é?

Acabei ficando confusa. Quero mais um *contreau*. Ele pede e eu começo a falar de minha vinda ao Brasil; desembestei a ocupar o silêncio porque estava morrendo de medo daquela boca. Falei eloquente e encadeada. Parecia uma corrente de frases. Um tufão. Ele olhava atento minha boca: seus movimentos, as engolidas de saliva que eu dava para me recuperar como um afogado armazenando ar. Eu me demorava nos assuntos que sempre funcionavam como "interessantíssimos".

Mas o negro Romano veio se aproximando de mim estranhamente e pedindo e dizendo e gemendo um "Dá licença, deusa, dá licença, mulher"... Me beijou. Foi enfiando a rosa língua na minha boca que correspondia. Parecia que ele já me conhecia: meus tempos, meus mínimos intervalos, minhas exigências, minhas engrenagens. Lambia meus lábios e mordiscava cada um de vez em quando e aí voltava felino e nobre pra dentro da minha boca. Degustava minha língua. Visitava o palácio do palato e pronunciava lá dentro calores de palavras assim: – Quero você, te comer com a mão, minha livre presa, te comer com a mão... ai que tesão.

Daí, todo o meu repertório de respostas prontas virou apenas: Quero, quero, quero, quero... Ele dizia no meu ouvido: Você é uma rainha verdadeira, com reinado próprio, com estilo raro... Você é gostosa.

Beijei dessa vez vendo seus lábios marrons avermelhados como um abismo bom. Já estava era molhada demais. Vi seu pau por debaixo da mesa furando o surrado jeans. Eu estava de olhos muito abertos. Tinha sempre beijado de olhos fechados; quanta coisa perdi de ver, minha nossa! Passei a mão rápida no volume dele. Um volume de Deus! Ele enfiou dois de seus dedos em mim e eu esguichei. Um chuveiro de água no meu vestido e nos dedos dele. Seus dedos me tocavam e eu era um instrumento, um *cello* íntimo que soava gemidos afinados.

Veio a moça que nos servia incansáveis *contreaus* e senti que ela também umedecia o interior da costura de seu uniforme de tergal. Com seus dedos no meu dentro, Romano perguntava baixinho: – Quantas palestras dá... por ano, doutora? Eu dizia... quarenta... cem... dez não sei...

– Não sabe contar, minha mestra? Conta pra mim, minha fêmea?

Eu gemia outra vez na partitura dos dedos dele. Jorrava farta.

– Que água é esta? Trouxe do deserto, santa? E me beijava. Eu cabia o pau dele na minha mão e não sabia mais meu nome. Diz meu nome, diz...

– Lira, Lira, Lira... Ele dizia e eu delirava.

– Vamos sair daqui, meu nego. Vamos prum hotel barato com estrela nenhuma.

– Não.

Romano me enfia outra vez os dedos para lambê-los em seguida. Com a segunda mão visita minha bunda, seus segredos e curvas. Morro.

– Vamos meu amor, pagar uma espelunca, onde a gente se misture, onde você me tenha toda. Eu quero.

– Não nega, tenho outros laços. Entrar em você não vai ter volta. Há encontros que se bastam no desejo.

– Mas o desejo já é quase o ato, às vezes pior que o ato. No ponto que estamos o melhor é ir.

– Fique quieta. Vou te falar um poema que acabo de compor e você vai ficar quietinha, comportadinha no "plano americano", promete?

E me enfiou de novo os dedos úmidos.

– Cheira a tribo a me chamar
gente estrela própria única star
meus dedos se enfiam na ciência
eu Colombo a conquistar a terra que me endoideceu
chafariz nos dedos
eu com medo
de abandonar a capitania certa que sou eu
ai a ciência louca a ciência danada
me chama para amar
não vou não dá.

Eu estava absolutamente rendida.

– Por que faz isso comigo, de onde você vem bruxo, a que horas compôs esse poema?... como sabia que eu viria? O que quer de mim?

– Não sei. Há gente que se encontra tão sublime, tão completamente encontrada que essa gente, sim, pode partir. Eu nunca agi assim, nunca mandei bilhetes nem na adolescência. Nosso encontro Lira, é desses abismais. Podem mover o mundo e movem, por isso sua dose deve ser mínima, eu acho.

– Eu te amo, faz uma hora que te amo, nunca amei tão rápido.

– Eu também. Imagine se a gente tiver mais prazo? O tempo de erupção do vulcão é que determina seu estrago...

– Vamos prum hotel agora, prum lugar onde não haja fotógrafos... uma pensão.

– Não.

E me beijou de novo fundo. Parei o beijo porque achei que se despedia.

– Lira, vamos aproveitar que não temos um ao outro, porque assim não corremos o risco de nos perder.

– É bonita a frase, mas quero você dentro de mim agora. Por que essa racionalidade? Quero ser sua... tem coisa mais simples do que isso?

– Escuta, Lira. Só te querer já ocupa todos os meus espaços. Não há lugar pra você morar em mim agora, porque seu lugar é vasto, seu lugar sou eu todo. Se eu deixar você entrar, vou ter que sair, entende?

Peguei na intimidade dele de novo e joguei minha bolsa sob a mesa. Fui pegá-la e o chupei como se fosse o peito de minha mãe, um picolé, um pirulito, uma lembrança. Fiquei ali protegida pelas longas cortinas que a toalha da mesa formava para nós. Ouvi sua voz para a garçonete:

— Minha querida, traga mais dois *contreaus* e verifique por mim se minha mulher está passando bem no toalete... está demorando.

E gemeu, ah... ahahah... a garçonete pergunta o que é, e ele responde que sente, às vezes, fortes pontadas no peito. Não será coração? Pergunta a suave moça. Ao que ele responde ofegante e definitivo: é coração.

Voltei do subterrâneo daquele paraíso como quem emerge do fundo do mar achando longe a superfície.

— Ah, meu príncipe, onde está minha compostura?... Enlouqueci!

— Sua compostura...? Vou procurá-la pra você.

E sumiu ele, sem álibi, por debaixo da mesa. A garçonete traz o *contreau* e, antes que ela falasse, avancei:

— Senhorita, por favor, viu meu homem ir ao toalete? Demorei e ele deve ter ido em minha procura.

— Vi, ela disse. Quero dizer, não sei, ele também perguntou pela senhora... ai, agora estou confusa...! É lindo o amor de vocês, né? Sora desculpe eu falar assim, mas tá todo mundo comentando lá na cozinha da belezura que é ver que o amor existe de verdade. Eu até falei que vou beber essa bebida amanhã com meu noivo. É bem minha folga, sabe?

— É, *contreau* é muito amoroso, eu disse meio atordoada com a língua dele no meio de mim, no meu negocinho, no centro exato de minha compostura. Sentia a renda da calcinha roçar meus tornozelos e não acreditava em absolutamente nada do que estava acontecendo. Gemia muda e minha alma parecia solta de mim. Desprendida, minha alma vagava na vadiaria do bar. A garçonete me assiste como quem vê uma novela no último capítulo.

– Sora desculpa perguntar, mas a sora não é a palestrante? Eu vi no jornal dos estudante seu retrato. Eis dão pra gente todo mês.

– Não, não sou. É minha irmã. Aaaai...!

Eu estava quase gozando.

– Por favor, peça a um colega seu pra entrar lá, veja por que meu marido demora tanto no toalete, estou preocupada porque ele sente muito o coração.

– Ai meu Deus, me entreti aqui, já vou... Sora desculpa, tá?

Ela foi. Debaixo da mesa era uma água só, do gozo dele e do meu. Ele murmurava de lá: – Chove minha deusa, chove mistério, tenho sede...

Eu escutava sua murmurância nítida como se escuta um ator murmurando lá da boca de cena e a gente na última fila como se lhe estivesse ao pé do ouvido.

Aaaaaah... gozei como quem morre e quis uivar no restaurante, na cidade, no mundo. Não pude. Meu restico de razão virou lágrima e explodi caindo a cabeça morta de pensamentos sobre a mesa. Romano retorna do oceano com o rosto encharcado de toda água do mundo. Sua roupa molhada de nosso infinito.

Ele não disse mais nada com palavra de se falar com boca. Só beijo que come lágrima. Meu olhar dentro do dele já concordava: fomos feitos mesmo para partir. Partir é pra quem pode. Pra quem fica. Partir é pra quem permanece.

Algum de nós pagou a conta. Alguém dos dois levantou primeiro.

Romano leva Lira até o táxi como quem segue um andor. O bar fica atrás exalado de amor real. Os dois partem inteiros. Cada um com gosto, muito gosto de *encontreau* na boca. O rosto de Lira na transparência do vidro molhado da janela do carro.

Click.

BIBLIOGRAFIA

Livros:
- *O semelhante*, Rio de Janeiro, Record.
- *Eu te amo e suas estreias*, Rio de Janeiro, Record.
- *A menina transparente*, Rio de Janeiro, Salamandra.
- *O menino inesperado*, Rio de Janeiro, Record.
- *O órfão famoso*, Rio de Janeiro, Record.
- *Lili, a rainha das escolhas*, Rio de Janeiro, Record.
- *Cinquenta poemas escolhidos pelo autor*, Rio de Janeiro, Galo Branco.

CDs:
- *O semelhante*, poesia, Rob Digital.
- *Eu te amo e suas estreias*, poesia.
- *Mulheres apaixonadas*, vol. 2, Som Livre.
- *Estação trem*, independente.

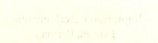

Impressão e Acabamento
Editora Parma